FILHOS
ÚNICOS

CB056823

FILHOS ÚNICOS

Labrador

Manoel
Missias
de
Araujo

© Manoel Missias de Araujo, 2024
Todos os direitos desta edição reservados à Editora Labrador.

Coordenação editorial Pamela Oliveira
Assistência editorial Leticia Oliveira, Jaqueline Corrêa
Projeto gráfico e capa Amanda Chagas
Assistente de arte Marina Fodra
Diagramação Estúdio dS
Preparação de texto Estúdio dS
Revisão Patricia Alves Santana

Dados Internacionais de Catalogação na Publicação (CIP)
Jéssica de Oliveira Molinari - CRB-8/9852

Araujo, Manoel Missias de
  Filhos únicos / Manoel Missias de Araujo. - 2. ed
São Paulo : Labrador, 2024.
  144 p.

  ISBN 978-65-5625-579-8

  1. Ficção brasileira I. Título

24-1327   CDD B869.3

Índice para catálogo sistemático:
1. Ficção brasileira

Labrador

Diretor-geral Daniel Pinsky
Rua Dr. José Elias, 520, sala 1
Alto da Lapa | 05083-030 | São Paulo | SP
contato@editoralabrador.com.br | (11) 3641-7446
editoralabrador.com.br

A reprodução de qualquer parte desta obra é ilegal e configura uma apropriação indevida dos direitos intelectuais e patrimoniais do autor. A editora não é responsável pelo conteúdo deste livro. O autor conhece os fatos narrados, pelos quais é responsável, assim como se responsabiliza pelos juízos emitidos.

SUMÁRIO

Capítulo 1 – Opostos ——————————— 7
Capítulo 2 – Frutos do passado ——————— 25
Capítulo 3 – Revelação ——————————— 32
Capítulo 4 – Iguais ————————————— 34
Capítulo 5 – Delegação ——————————— 39
Capítulo 6 – Fuga —————————————— 43
Capítulo 7 – Mudança ———————————— 55
Capítulo 8 – Filha caçula —————————— 60
Capítulo 9 – A curva ————————————— 65
Capítulo 10 – A hipoteca ——————————— 73
Capítulo 11 – O desconhecido ————————— 76
Capítulo 12 – A corda ———————————— 79
Capítulo 13 – O investidor —————————— 82
Capítulo 14 – Indenização —————————— 93
Capítulo 15 – Arrependimento ————————— 95
Capítulo 16 – A origem ———————————— 97
Capítulo 17 – O sócio ———————————— 102
Capítulo 18 – O representante ————————— 105
Capítulo 19 – Remorso ———————————— 108
Capítulo 20 – Ambição ———————————— 110
Capítulo 21 – A cláusula ——————————— 112

Capítulo 22 – Dilema —————————————— 114
Capítulo 23 – Denúncia ————————————— 115
Capítulo 24 – Inocente ————————————— 117
Capítulo 25 – Encontro ————————————— 120
Capítulo 26 – O pai ——————————————— 124
Capítulo 27 – O sobrinho ———————————— 128
Capítulo 28 – Testamento ———————————— 130
Capítulo 29 – A eleita ————————————— 133

CAPÍTULO 1

OPOSTOS

Agenor era filho de um grande empresário do ramo varejista, proprietário de uma rede de supermercados em Salvador. Seu pai desejava expandir seus negócios e, para isso, resolveu abrir uma filial no interior da Bahia, pois a concorrência na capital era muito acirrada.

O sr. Teodoro trabalhou como balconista de um pequeno armazém de cereais. Ele sempre poupava uma parte de seu salário e, ao longo de três anos, economizou o suficiente para abrir seu próprio negócio.

— Patrão, estou pensando em abrir meu próprio negócio em minha casa — disse Teodoro. — Vou ficar o tempo que for preciso para o senhor arrumar outro empregado.

— O negócio é muito difícil — disse o patrão. — Cuidado com o fiado.

Teodoro construiu um pequeno salão em sua casa para montar seu armazém de cereais. No começo, tinha poucos fregueses porque não podia competir com seu ex-patrão, que dava prazos maiores para a clientela. Para fugir da concorrência, passou a vender para as pessoas que moravam na roça. Com esse propósito, comprou três jegues e contratou quatro garotos para a entrega de mercadorias. Como as vendas melhoraram muito, ele pôde, mediante a cobrança de juros, dar prazos maiores que os de seus concorrentes.

Casou-se com Leonora e teve seis filhos, porém apenas o mais novo, Agenor, sobreviveu, os demais morreram antes de completarem um ano. Todos nasceram em casa com a ajuda de uma parteira, o que era muito comum naquela época na região Nordeste.

Quando tinha cinco anos, Agenor teve febre moderada, dores de cabeça e inchaço nas pernas, depois os sintomas desapareceram.

Quando terminou o ensino médio, Agenor matriculou-se no curso de administração de empresas e, ao término do curso, já tinha oportunidade de colocar em prática o que aprendeu na faculdade.

— Estou pensando em abrir filiais do supermercado — disse o sr. Teodoro. — Conto com você.

— Está bem, pai, pode contar comigo! Em que bairro, pretende abrir? — perguntou Agenor.

— Pretendo abrir em uma cidade do interior que não tenha supermercados — respondeu o sr. Teodoro. — Você é quem vai procurar a cidade.

— Por que veio para a capital, já que tinha um supermercado no interior? — indagou Agenor.

— Um incêndio queimou quase tudo — respondeu Teodoro. — Quando cheguei, pouca coisa restava.

— O senhor acha que foi acidente? — questionou Agenor.

— Não foi acidente — respondeu Teodoro —, foi um aviso.

— Tenho certeza de que no interior os negócios não teriam crescido como aqui na capital — declarou Agenor.

— Você está certo, porém a concorrência agora é maior — disse o sr. Teodoro —, principalmente com a chegada de empresas estrangeiras.

Agenor logo começou a pesquisar a cidade para a abertura da filial da rede de supermercados. Não precisou procurar muito para encontrar a cidade ideal.

— Encontrei a cidade apropriada para a abertura da filial — disse Agenor. — O inconveniente são as estradas ruins.

— É melhor procurar uma casa para morar lá — disse sr. Teodoro. — Você perderia muito tempo, indo e voltando todos os dias.

— Está certo, vou procurar uma casa e venho para cá nos fins de semana — concordou Agenor. — Viajo em dois dias.

Julgou que morando na cidade ele poderia conhecer os costumes da população, por exemplo, o que era mais consumido, além dos produtos de primeira necessidade.

Entendia que a missão mais difícil seria convencer sua noiva, Sandra, sobre a necessidade de ele morar na pequena cidade do interior, voltando para Salvador uma vez por semana. Como imaginava, Sandra protestou muito. Agenor disse que aquela era a grande oportunidade de provar ao pai que era competente o suficiente para os negócios da família prosperarem.

— Não entendo por que você ficou tão aborrecida, afinal a gente não se vê todos os dias — alegou Agenor.

— Não nos vemos todos os dias por opção — disse Sandra.

— Bem diferente de ficarmos obrigados a nos ver apenas uma vez por semana.

Quando chegou na pequena cidade, Agenor solicitou os serviços de um corretor de imóveis para encontrar um local ideal para instalar a loja do supermercado e uma casa na cidade de Catu. Para o supermercado, encontrou uma propriedade na qual recentemente estava instalado o cinema. Uma boa reforma seria o bastante. Julgava que um ano seria suficiente para deixar a loja em pleno funcionamento. O corretor logo respondeu sobre a moradia, porém avisou que as casas disponíveis para aluguel eram muito simples, não tinham muito conforto. Encontrou uma casa já mobiliada com dois quartos, sala e cozinha.

Quando estacionou o carro em frente à casa, Agenor percebeu que muitas pessoas olhavam para ele, várias senhoras e moças foram à janela. Depois de colocar suas malas na residência, saiu para conhecer a cidade e procurar por uma pessoa que pudesse cuidar da moradia. Próximo dela havia um restaurante, e ele aproveitou para almoçar.

— Estou precisando de uma pessoa para cuidar da minha casa — disse Agenor. — Vocês podem me indicar alguém?

— Conheço uma senhora que pode cuidar da sua casa — respondeu o rapaz que servia a mesa.

— Ótimo, será que a pessoa pode começar hoje? — perguntou Agenor.
— Acredito que sim — respondeu o rapaz. — Qual é o endereço da sua casa?
— Aqui está meu endereço, mande a pessoa me procurar às três horas da tarde — disse Agenor.
Ele desejava que a pessoa indicada para cuidar da sua casa cozinhasse bem, pois gostava de pratos variados. Nesse momento, ouviu baterem à porta.
— Pois não? — atendeu Agenor.
— É o senhor que está procurando por uma empregada? — perguntou uma senhora muito simpática.
— Sim, estou precisando de uma pessoa para fazer todo o serviço de casa — respondeu Agenor.
— Obrigada, o senhor não vai se arrepender — disse a sra. Judite. —Posso começar hoje mesmo, o que deseja que eu prepare para o jantar?
— Não tenho preferência por comidas, apenas não gosto de repetir — respondeu Agenor. — Pegue este dinheiro para comprar o que for preciso.

Durante a semana, ele se ocupou de encontrar trabalhadores para a adaptação do antigo cinema para o supermercado. Precisou contratar diversos profissionais, como pedreiros, marceneiros, eletricistas, entre outros.

Como o trabalho durante a semana tomou todo o tempo dele, não percebeu que a cidade era muito parada, muito diferente de Salvador. Ele julgava que seria difícil acostumar-se naquele novo lugar sem alguma distração.

As pessoas da cidade eram muito amistosas, as que estavam trabalhando com ele convidavam-no para almoçar em suas casas.

— Qual a distração de vocês? — perguntou Agenor.

— Depois que fecharam o cinema, pouca coisa restou, a não ser irmos à missa e passearmos na praça — respondeu um deles.

— Por que o cinema fechou? — perguntou Agenor.

— Porque poucas pessoas iam — respondeu o rapaz.

— Vocês não iam ao cinema e, agora que fechou, sentem falta, como se explica isso? — indagou Agenor.

— O ingresso era caro e nem sempre a gente tinha dinheiro — esclareceu o rapaz.

— Vocês não têm outra distração? — questionou Agenor.

— Temos São João e São Pedro — respondeu o rapaz.

As festas de São João e São Pedro têm comidas e bebidas da região, correio elegante, fogueira, pau-de-sebo, cadeia, quadrilha. Não podem faltar bolo de milho, canjica, pamonha, quentão. As pessoas tornam-se compadre e comadre de fogueira, que consiste em saltar a fogueira de um lado para o outro, de mãos dadas, enquanto algumas palavras são pronunciadas. Esses atos constituem verdadeiros compromissos para a vida inteira.

— Sr. Agenor, na semana que vem, começa a festa de São João. Quero que vá à fogueira que vou fazer em minha casa — convidou a sra. Judite.

— Obrigado, vou sim! — agradeceu Agenor.

Ele gostou muito da festa, principalmente ao cruzar o olhar com uma das moças que estava do outro lado da fogueira. Naquele momento, apareceu uma criança identificada como correio elegante.

— Quero mandar uma mensagem para aquela moça — disse Agenor —, apontando na direção de duas moças.

— O que está escrito na mensagem? — perguntou Tereza, uma das moças.

— É muito linda — respondeu Gabriela —, pensei que não fosse para mim, porque ele olhava muito para você.

— Não se faça de tonta, não percebeu que ele não tira os olhos de você? — disse Tereza.

Gabriela retribui com um sorriso. Ficaram trocando olhares durante muito tempo, até o momento em que um amigo chamou Agenor para oferecer um quentão. Quando ele voltou a olhar em direção à moça, ela havia desaparecido. Perdeu o interesse pela festa e foi embora.

— Você não devia ter saído quando o rapaz se distraiu — reprovou Tereza, ele ficou tão triste que até foi embora.

— Você sabe muito bem que sou noiva e vou me casar logo, não quero me iludir com nenhum rapaz — respondeu Gabriela.

— Sei também que, quando você ficou noiva, era apenas uma professora leiga. Agora que você está fazendo o curso normal, logo será uma professora de verdade, não vai precisar sair daqui.

Gabriela trabalhava como professora leiga, porque tinha apenas o primeiro grau. Sonhava muito em ter qualificação pedagógica para poder lecionar. Como professora leiga, ela conseguia emprego somente quando o candidato a prefeito ou vereador que ela apoiava se elegia. Como muitos políticos prometiam empregos em números superiores aos cargos existentes, o salário era dividido em dois para atender o maior número possível de apoiadores. Uma professora era registrada e precisava devolver a metade do salário para pagar outra. A existência de professores leigos era muito comum no Nordeste.

A sra. Judite, ainda jovem, perdeu o marido, que morreu em um acidente de caminhão que virou em uma curva acentuada da estrada. Na ocasião, Gabriela tinha dois anos.

As famílias das vítimas do acidente entraram na Justiça para solicitar indenização. O processo foi tão lento que, quando a sra. Judite recebeu a indenização, Gabriela já tinha 22 anos.

— O dinheiro que recebi da indenização pela morte do seu pai é para você fazer o curso normal para professora — disse a sra. Judite.

— Tomara que, depois de formada, eu consiga emprego aqui — disse Gabriela. — Não quero ficar longe da senhora.

— Quando você se casar, vai precisar acompanhar seu marido para São Paulo. Vai abandonar o curso para professora? — perguntou a sra. Judite.

— Só vou me casar depois de formada, vou falar para o Lázaro que quero adiar o casamento — respondeu Gabriela. — Acho que ele vai entender.

Agenor ficou sabendo por Tereza que Gabriela era noiva de um rapaz que trabalhava em São Paulo e que iam se casar no ano seguinte e morar por lá.

— A Gabriela quer se formar para depois se casar — disse Tereza. — Faltam dois anos para o curso acabar.

Naquela noite, Agenor ficou por muito tempo olhando para o teto, procurando uma forma de se aproximar de Gabriela, porém o dia amanheceu e ele não havia encontrado nenhuma maneira de se aproximar dela.

Quando estava indo para a obra, Agenor encontrou Tereza.

— Nossa, como você está abatido — disse Tereza.

— Eu não consegui dormir, fiquei a noite toda pensando numa forma de me aproximar de Gabriela — respondeu Agenor.

— Ela também gosta de você — afirmou Tereza.

— Ela disse alguma coisa para você? — perguntou Agenor.

— Nem precisa dizer, eu a conheço muito bem — respondeu Tereza.

— Tenho inveja da amizade de vocês — disse Agenor.

— Somos amigas desde crianças, a dona Judite ajudou muito minha mãe. Ela me levava à escola todos os dias.

Tereza teve uma vida muito difícil, era filha de mãe solteira. Na escola, as outras crianças perguntavam pelo pai dela. Era muito frequente esse tipo de comportamento das crianças. Os professores fingiam não perceberem nada. Quando chegava a hora de ir à escola, ela ficava muito triste. A mãe não tinha mais coragem de levá-la ao colégio, então pedia para uma vizinha, cuja filha estudava na mesma instituição, que levasse Tereza. Daquele dia em diante, Tereza ia sempre com Gabriela.

Na noite de sábado, a mãe da Gabriela dormiu mal, teve febre acima dos 39ºC, o que a fez acordar no domingo muito indisposta. Gabriela fez-lhe um chá, porém sem nenhum resultado.

— O que incomoda mais é não poder ir amanhã fazer o trabalho na casa do jovem Agenor e não ter quem mandar no meu lugar — disse a sra. Judite.

— Eu posso ir em seu lugar amanhã — disse Gabriela.

— Uma moça não pode ficar sozinha com um homem, mesmo sabendo que o rapaz é muito respeitador — disse a sra. Judite.

A sra. Judite não gostou da sugestão de Gabriela, afinal como uma moça poderia ficar sozinha com um homem? Sabia que a filha poderia ficar malfalada na cidade. Pensou que a única solução seria ela ir também para Gabriela não ficar sozinha com Agenor. Na noite de domingo, a febre aumentou e ela precisou ir logo cedo para o posto de saúde. O médico que a atendeu recomendou repouso absoluto por uma semana.

Na segunda-feira, Agenor não estava se sentindo bem, pois mais uma vez dormiu muito mal. Resolveu voltar mais cedo para casa. Quando entrou, teve uma surpresa, pois encontrou Gabriela.

— Minha mãe está com uma febre muito alta, e o médico do posto recomendou repouso por uma semana — disse Gabriela.

— Não tem problema — respondeu Agenor. — Desejo que ela se recupere logo.

— O senhor não precisa se preocupar, porque eu vou cuidar da sua casa nesta semana — disse Gabriela.

— A sra. Judite pode ficar mais tempo para que ela possa se recuperar bem — disse Agenor.

— O doutor disse que basta uma semana — respondeu Gabriela.

Quando voltou da casa do Agenor, ela estava muito pensativa. Não sabia se deveria contar para a mãe que o rapaz chegou antes do que ela esperava. Resolveu não contar nada, não queria que a mãe ficasse preocupada.

A semana passou rapidamente para Agenor. Aquele seria o último dia que Gabriela ia preparar o almoço para ele. Estava com raiva de si mesmo por não ter tido coragem de dizer a ela o que sentia.

No último momento, encorajou-se para dizer o que planejou desde o primeiro dia que a viu.

— Gabriela, esta foi a semana mais feliz da minha vida, nunca imaginei que fosse me apaixonar da forma que estou — declarou-se Agenor.

— Eu também me apaixonei por você, não sei como vai ser depois desta semana — retribuiu Gabriela.

Agenor pegou na mão dela e deu-lhe um beijo no rosto. Para sua surpresa, ela lhe ofereceu seus lábios. Trocaram carícias, ela se esqueceu do noivado.

— Nós não devíamos ir tão longe, e se acontecer o pior, o que vou fazer? — disse Gabriela.

— Vou torcer para que aconteça o pior — disse Agenor.

— Você fala isso, porque em homem nada pega — replicou Gabriela.

— Estas poucas horas que ficamos juntos foram as melhores da minha vida — disse Agenor.

— Pensei que somente ia me deitar com um homem que fosse meu marido — respondeu Gabriela.

— Pois você se deitou com o homem que será seu marido — afirmou Agenor.

— Preciso ir embora, demorei muito — disse Gabriela. — Se minha mãe desconfiar, ela vai ao delegado para obrigar você a se casar comigo em menos de um dia.

— Vou esperar ansioso pelo delegado — disse Agenor.

— Antes que isso aconteça, vou desmarcar meu casamento com meu noivo que mora em São Paulo — disse Gabriela.

Agenor não revelou que tinha uma noiva na capital, não se sentia bem por ter omitido esse fato. Julgou-se indigno de Gabriela, que estava desistindo de um casamento, enquanto ele não estava renunciando a nada. Em outros momentos, achava que estava renunciando ao único amor de sua vida, pois a noiva em Salvador foi arrumada pelos pais de ambos.

— Acho melhor você esperar um pouco — disse Agenor.

— Esperar por quê? Você tem alguma dúvida? O que aconteceu entre nós foi muito sério — perguntou Gabriela.

— Não tenho dúvidas — explicou-se Agenor —, foi apenas um comentário.

Agenor teve uma educação religiosa muito rigorosa, que previa que o sexo era somente para procriar. Não era permitido o prazer na relação sexual. Ele pensava que a mulher que fazia sexo antes do casamento não era digna de confiança. Aquela foi a primeira experiência dele.

Não sabia como resolver aquela situação, pois não tinha coragem para enfrentar o pai e Sandra. Ficou na dúvida se Sandra gostava realmente dele, pois várias vezes tentou ter intimidades com ela, mas ela nunca aceitou. Ele não entendia por que ele ficava aliviado a cada recusa de Sandra.

Quando ele estava nesse dilema, o sr. Teodoro solicitou a ele que retornasse para Salvador. Ele não concordava com a decisão do pai. No início, disse que não desejava ir para aquela pequena cidade e, agora que a maior parte do trabalho estava concluído, ele não queria voltar antes de finalizá-lo. Em três meses, a loja seria inaugurada. Não aceitava que alguém que nada fez pelo projeto fosse inaugurar e receber todas as honrarias.

— No dia da inauguração, você vai participar, pois toda a família estará presente, inclusive a família de sua noiva — disse o sr. Teodoro.

Apesar de discordar da decisão do pai, de certa forma era um alívio para ele, pois estava com muitas dúvidas entre assumir o amor da vida dele e um casamento arrumado pelo pai. Ele não tinha coragem de desobedecê-lo.

Alguém teria incentivado o pai a tomar aquela decisão? Apesar de contrariado, Agenor retornou para Salvador, pois não podia desobedecê-lo. Desconfiava que Sandra tivesse solicitado sua volta. O sr. Teodoro queria de todo jeito que o casamento entre eles acontecesse. Agenor tinha inveja de Sandra, porque ela não se importava em contrariar uma ordem do pai. Se ela estivesse no lugar dele, não iria obedecê-lo.

— Gabriela, meu pai quer que eu volte para a capital. Nada vai mudar entre nós — declarou Agenor.

— Não acredito que você volte — disse Gabriela.

Agenor sentia-se um covarde, sempre deixou que os outros tomassem decisões por ele, até a mulher com quem ia se casar foi seu pai que escolheu.

Ele desconfiava que Sandra tivesse alguma participação na decisão do pai para seu retorno imediato para Salvador.

— Você tem algo a ver com meu retorno para Salvador? — perguntou Agenor para a noiva.

— Eu disse para o sr. Teodoro que, se você não voltasse logo, eu não me casaria mais, apesar de amá-lo muito — disse Sandra.

Agenor não imaginava que Sandra estivesse apaixonada a ponto de pressionar seu futuro sogro a forçar o retorno de seu noivo para Salvador para, enfim, celebrar o casamento. Não entendia a declaração de amor de Sandra, afinal ela nunca demonstrou sentir algo por ele.

Em Catu, Gabriela compartilha com Tereza sua preocupação.

— Faz um mês, e o Agenor não escreveu — disse Gabriela.
— Algo grave deve ter acontecido com ele — disse Tereza.
Nesse mesmo período, para surpresa de Gabriela, o noivo dela chegou de São Paulo e queria que se casassem imediatamente.
— Eu escrevi uma carta para você, Lázaro, dizendo que queria adiar o casamento — avisou Gabriela.
— Eu não recebi a carta, talvez porque mudei de pensão — respondeu Lázaro.
— Eu sempre sonhei em ser professora — disse Gabriela.
— Estou disposto a arrumar um emprego aqui — retrucou Lázaro.
Gabriela não sabia o que fazer diante da proposta de Lázaro. Ainda alimentava a esperança de que Agenor escreveria para ela. Resolveu aceitar casar-se com Lázaro, pois não podia viver somente na esperança de Agenor voltar.
Um mês depois se casaram, porém, não sabia se havia tomado a decisão certa.
— Estou sentindo você estranha — disse Tereza.
— É impressão sua, Tereza, está tudo bem! — respondeu Gabriela.
Depois da declaração de Sandra, Agenor sentiu que estava apaixonado por ela. Sentia-se dividido entre Sandra e Gabriela.
— O que está acontecendo com você, Agenor? Às vezes parece que está distante — perguntou Sandra.
— Estou apenas preocupado com a vida de casado, é muita responsabilidade — respondeu Agenor.

— Não sei por que você demorou tanto para decidir se casar com Sandra. — disse o sr. Teodoro — Você sabe que estou muito doente, já não enxergo de um olho. Tenho medo de não poder ver meus netos.

— O senhor deveria se preocupar mais com essa tosse que não para — advertiu Agenor.

Agenor e Sandra casaram-se e no dia seguinte viajaram para Paris, onde iam passar um mês. Sandra queria ficar mais tempo, mas por causa dos problemas de saúde do sr. Teodoro, Agenor não queria ficar mais que um mês. Decorrido algumas semanas de sua volta a Salvador, Sandra tinha novidades para a família.

— Agenor, fui ao médico hoje, e estou grávida de dois meses — disse Sandra. — Estou mais feliz pelo seu pai, que durante todo esse tempo deu mais atenção para mim do que você.

— Vamos comemorar esta notícia! — celebrou Agenor. — Vamos à casa do meu pai dar a notícia a ele. Acho que ele vai conseguir realizar o sonho de ver um neto.

— Já sabem o sexo da criança? — perguntou o sr. Teodoro.

— Estou grávida de dois ou três meses, somente na 13ª semana é possível saber o sexo da criança, talvez daqui um mês seja possível saber — explicou Sandra.

Pouco mais de três meses, Sandra falou para o marido que estava esperando um menino e que desejava dizer pessoalmente para o sogro.

— Sr. Teodoro, tenho uma novidade — disse Sandra. — Já sei o sexo da criança. Só não estou mais feliz, porque

Agenor não tem demonstrado interesse pela minha gravidez. Trabalha mais de doze horas, retorna para nossa casa sem ânimo para nada.

— Eu vou conversar com Agenor — assegurou o sr. Teodoro. — É menino ou menina?

— O importante é que nasça com saúde! — respondeu Sandra — Estou esperando um menino, o senhor vai ser avô de um lindo menino.

— Mesmo sabendo que o menino vai nascer nesta semana, você vai viajar? — perguntou Sandra.

— Eu não posso adiar esta viagem. — respondeu Agenor.

— Falei com meu pai para cuidar de você e do nosso filho.

— A vida de Agenor parece que é somente para os negócios — disse Sandra — ele nem percebe que o filho está crescendo.

— Minha filha — respondeu o sr. Teodoro —, isto é um mal da família, fiquei tão preocupado com os negócios que não vi o Agenor crescer. Quando percebi, já era tarde. Vou conversar com ele para não cometer o mesmo erro que cometi em relação a ele.

— Deus me deu mais uma oportunidade — disse o sr. Teodoro —, ele me permitiu dar para o meu neto o que não dei para o meu filho.

Pouco antes de Dagoberto completar cinco anos, o sr. Teodoro faleceu. A criança sentia muita falta do avô. Até aquele momento, o pai foi muito ausente.

— Agenor, você precisa dar atenção ao nosso filho — queixou-se Sandra. — Ele talvez não tenha sentido tanta sua falta, porque o sr. Teodoro dava toda a atenção do mundo para ele.

Desse dia em diante, Agenor reduziu sua jornada de trabalho. Quando chegava a sua casa, seu filho ainda estava acordado.

— Você é um rapazinho, logo vai me ajudar nas empresas — disse Agenor.

— Posso ir amanhã, papai? — perguntou o menino.

— A escola é muita chata!

— Somente depois que você estiver na faculdade vai poder me ajudar — respondeu Agenor. — Para entrar na faculdade, precisa ir à escola todos os dias.

— Vou à escola todos os dias — disse Dagoberto.

Quando estava cursando o segundo ano da faculdade de administração de empresas, Dagoberto foi ajudar o pai nos negócios da família. Quando concluiu o curso, foi trabalhar na diretoria.

— Parabéns, meu filho, sei que agora as empresas vão estar em boas mãos! — disse Agenor. — Vou aproveitar para tirar umas férias e viajar para a Europa com a sua mãe.

— Obrigado, pai, vou dedicar a mesma atenção que o senhor dedicou às empresas — agradeceu Dagoberto.

Dagoberto tinha poucos amigos, o trabalho tomava todo o seu tempo. Foi o trabalho que o aproximou de seu pai. Somente depois que foi trabalhar com ele, houve uma relação de pai e filho. Apesar da recente proximidade com o pai, sentia muita mágoa dele.

CAPÍTULO 2

FRUTOS DO PASSADO

A secretária de Agenor entrou na sala informando que tinha uma senhora à sua procura, com a intenção de falar com ele urgentemente. Ela vinha da cidade de Catu.

— Mande-a entrar — disse o sr. Agenor —, comunique a diretoria que a reunião de hoje está adiada. Não permita que entrem na minha sala, inclusive o Dagoberto.

Os poucos minutos que antecederam a abertura da porta pareceram uma eternidade para ele. Ficou imaginando como ela estaria, será que se casou, será que tinha filhos?

— Desculpe, Agenor, por ter vindo sem aviso — disse a senhora. — O assunto que vim tratar é muito urgente.

— Tereza, você sabe muito bem que estou à sua disposição — disse o sr. Agenor. — Parece que o tempo não passa para você. Qual é o assunto urgente?

— Vim falar de Gabriela — respondeu Tereza.

— Ela está bem? — perguntou o sr. Agenor.

Agenor quis apenas ser gentil com Tereza, mas diferentemente do que disse, notou que as marcas do tempo em seu rosto pouco lembravam aquela jovem que conhecera. A imagem que guardou dela era bem diferente daquela senhora que estava diante dele. Sentiu até um certo alívio por não ser Gabriela.

Sentia-se um covarde por ter deixado Gabriela e nunca mais procurá-la.

— Tereza, como está Gabriela? — insistiu Agenor.

— Dois meses depois que você voltou para cá e não deu nenhuma notícia, ela se casou com o noivo que havia chegado de São Paulo — informou Tereza.

— Pelo jeito ela me esqueceu rapidamente — disse Agenor.

— Ela estava errada em não ter esperado por você, por mais de dois meses? — replicou Tereza.

— Fui covarde em não ter dado nenhuma notícia — concordou Agenor.

— Sete meses após o casamento, Gabriela deu à luz um menino. Quase que ao mesmo tempo, o marido voltou para São Paulo e nunca mais deu notícias — disse Tereza.

— Você tem certeza de que a criança nasceu com sete meses? — perguntou Agenor.

— Ela teve muitos problemas de saúde durante a gravidez, a pressão aumentou muito, sentia dores de cabeça, tonturas e dores no peito quase todos os dias. Depois do nascimento da criança, voltou ao normal — relatou Tereza.

— Ela deve ter passado por muitas dificuldades para criar a criança — disse Agenor.

— Como faltavam dois anos para ela terminar o curso normal, que ficava em outra cidade, nós precisávamos alugar uma casa e íamos para Catu nos fins de semana — disse Tereza.

Durante dois anos, Gabriela ia para sua cidade todo fim de semana na companhia de Tereza. Como elas gastavam muito com passagens, resolveram alugar uma casa na cidade onde estudavam, e a sra. Judite e a criança foram morar com elas. A vida de Gabriela consistia em cuidar do filho e dos estudos. Dois anos depois, concluiu o curso e conseguiu trabalho em sua cidade.

— O marido de Gabriela mandava dinheiro para ela? — questionou Agenor.

— Ela só teve ajuda da mãe. E, quando o menino completou 16 anos, ele foi trabalhar no supermercado como entregador — relatou Tereza.

Pouco antes de completar 18 anos, o menino já ocupava um cargo importante no supermercado, dizia que um dia seria o gerente e que iria procurar o dono do supermercado para propor a abertura de outras lojas nos bairros mais afastados do centro e nas cidades vizinhas.

— O menino foi procurar o dono do supermercado? — perguntou Agenor.

— Não, porque logo depois que o menino assumiu o cargo de subgerente do supermercado, Gabriela ficou muito doente e foi internada na Santa Casa, sofreu um AVC que deixou muitas sequelas, o lado direito do corpo ficou paralisado, tendo alta um mês depois — respondeu Tereza.

— Continue, Tereza — pediu Agenor.

— Pouco depois de ter alta, Gabriela sofreu outro AVC e ela não conseguiu resistir. Ela era muito querida

na cidade, quase todos os moradores foram ao enterro dela. — narrou Tereza.
— Que notícia triste! — lamentou Agenor.
— No pouco tempo em que esteve em casa se recuperando, ela revelou para mim quem era o pai do filho dela e pediu que eu o procurasse.
— Quem é o pai do filho de Gabriela? — perguntou Agenor.
— Você é o pai do filho dela! — respondeu Tereza. — Ela pediu a você que a perdoasse por não ter revelado sobre a existência do filho.
Agenor instantaneamente relembrou daquela tarde em que se deitou com Gabriela. O amor deles dera um fruto. Voltou à realidade e disse a Tereza que irá assumir a paternidade do rapaz, porém precisava comprovar que ele era efetivamente seu filho.
— O rapaz se parece comigo? — perguntou Agenor.
— Ele é muito parecido com Gabriela — respondeu Tereza.
— Se o rapaz concordar que eu assuma a paternidade — disse Agenor —, vou procurar comprovar que ele efetivamente é meu filho.
Seu filho, Dagoberto, notou que o pai tinha mudado muito na última semana, pouco falava com ele, vivia mudo e muito pensativo. Não entendia o comportamento do pai, pois os negócios nunca estiveram tão bem.
Agenor disse para Dagoberto que ia precisar se afastar das empresas por uma semana, pois precisava ir a uma filial para resolver alguns problemas urgentes.

Logo entrou em contato com o sr. Raimundo, diretor do laboratório responsável pelos exames periódicos dos funcionários das suas empresas e perguntou se havia algum exame que pudesse comprovar a paternidade. O sr. Raimundo disse que por meio do tipo sanguíneo do filho, que é uma combinação entre os tipos de sangue do pai e da mãe, é possível determinar a paternidade.

— Quero o mais absoluto sigilo — disse Agenor.

— Pode ficar tranquilo — respondeu o sr. Raimundo. — Preciso saber o tipo do sangue do rapaz.

Agenor perguntou para Tereza se ela sabia o tipo de sangue de Gabriela. Tereza respondeu que havia documentos que mencionavam o tipo de sangue dela. Quando retornasse à sua cidade encaminharia para Agenor.

O sr. Raimundo sugeriu que fosse antecipado o exame periódico dos funcionários do supermercado em que o rapaz trabalhava. Sugeriu que fosse feito exames complementares, entre eles exame de sangue.

— Faça o que for necessário — respondeu o sr. Agenor.

Após Tereza informar o tipo de sangue de Gabriela, o sr. Agenor passou para o sr. Raimundo, que, de imediato, começou a tomar as providências.

Após a análise dos tipos sanguíneos do rapaz, de Gabriela e do sr. Agenor, apurou-se que o rapaz era efetivamente seu filho.

De posse dos resultados dos exames, Agenor ficou muitos dias preocupado, sem saber que decisão tomar.

— Está com algum problema? — perguntou Dagoberto. — O que aconteceu em Catu que fez o senhor mudar tanto?

— Que tipo de mudança? — questionou o sr. Agenor.

— Várias vezes vejo o senhor cochilando, nem parece que dorme à noite — explicou Dagoberto.

As perguntas do filho somente aumentavam sua preocupação, tentava imaginar como Dagoberto reagiria ao saber que tinha um irmão. Ele concordaria sem reclamação em dividir a herança, deixada pelo pai, com uma pessoa que ele não conhecia?

As preocupações de Agenor não se resumiam a Dagoberto, ele não imaginava como explicar para a esposa que, durante o namoro deles, engravidou uma moça.

Passou várias noites em claro, o que acabou provocando a desconfiança de Sandra, que frequentemente perguntava se ele estava com alguma doença grave. Ele respondia que iria ao médico para saber a causa das noites maldormidas. O médico prescreveu alguns comprimidos, e ele voltou a dormir, porém sentia-se muito cansado, sonolento e cochilava com muita frequência, tendo muitos constrangimentos durante as reuniões na empresa.

A esposa ficou preocupada com o sono excessivo do marido e decidiu acompanhá-lo na consulta. O médico apurou que o sr. Agenor estava tomando remédios em excesso, que poderiam provocar problemas cardíacos.

Agenor, somente seis meses após saber que era pai do rapaz, entrou em contato com Tereza para saber dele. Ela respondeu que, com a morte da mãe, o rapaz foi trabalhar em São Paulo e prometeu que mandaria seu endereço, o que efetivamente aconteceu.

Como havia prometido, Tereza enviou o endereço do filho de Agenor, porém este não tomou nenhuma providência para localizar o filho e, com o passar do tempo, acabou esquecendo dele.

CAPÍTULO 3

REVELAÇÃO

Dagoberto ficava muito preocupado com a frequência com que o pai cochilava durante as reuniões, isso o deixava muito constrangido diante dos demais diretores.

— Eu fico muito constrangido com a forma como o papai cochila durante as reuniões — disse Dagoberto para a mãe.

— Seu pai é muito teimoso, desta semana não passa, ele vai ao médico — respondeu Sandra.

A sonolência foi resolvida após Agenor ir ao médico acompanhado pela esposa. Já o problema da tosse continuou, pois ele tossia com muita frequência e sentia tonturas e desmaios.

Dagoberto percebeu que as questões de saúde do pai começaram depois que ele retornou da visita à filial. Sandra mais uma vez levou Agenor ao médico, que solicitou uma bateria de exames, entre eles, um Machado Guerreiro que deu positivo. O barbeiro é o transmissor da doença de Chagas, que, na fase aguda, causa sintomas leves, algumas pessoas inclusive são assintomáticas. Se não for tratada, evolui para a fase crônica, que provoca problemas cardíacos.

Desde então, a saúde do sr. Agenor não era a mesma e, após seis meses de idas e vindas para o hospital, a doença evoluiu muito, a ponto de os médicos prepararem a família para o pior, pois o quadro era irreversível.

— Eu sei que não me resta muito tempo de vida — disse o sr. Agenor para Dagoberto. — Essa doença não tem cura, a morte é uma questão de tempo.

— A doença não tem cura, se não for tratada a tempo — respondeu Dagoberto.

— Dagoberto, vou precisar que você traga um padre para me dar a unção dos enfermos, antes vou pedir algo que eu deveria ter feito há muito tempo — disse o sr. Agenor.

— O que devo fazer? — perguntou Dagoberto.

— Você tem um irmão, dois anos mais velho que você — disse o sr. Agenor. — Quero que você o encontre.

— Como assim, eu tenho irmão? — perguntou Dagoberto.

— Seu irmão mora em São Paulo — respondeu o sr. Agenor. — O endereço dele está anotado em um papel dentro da Bíblia com a letra "E".

Dagoberto ficou tão surpreso com a revelação do pai que não prestou atenção no nome do irmão. Quando se recuperou, perguntou ao pai o nome do irmão, porém, naquele exato momento, o padre chegou e deu a unção dos enfermos. Logo depois a cabeça do pai pendeu para um lado, e o padre fechou seus olhos.

CAPÍTULO 4

IGUAIS

Com a morte do pai, Dagoberto assume a direção do grupo empresarial e resolve transformar a empresa em sociedade por ações de capital fechado. Ele detém 98% das ações, e seu executivo mais importante, o sr. Joaquim, 2% delas.

Naquele mesmo ano, casou-se com Izabel, filha única de um grande empresário. Por exigência da noiva, o casamento foi muito simples, convidaram apenas os amigos mais próximos. Dagoberto não concordava, pois desejava que o casamento fosse um grande acontecimento. Mesmo contrariado, aceitou as condições de Izabel.

— Izabel, você diz que não gosta de festas, no entanto, nós nos conhecemos em uma festa patrocinada pelo seu pai — disse Dagoberto.

— Eu concordei com a festa, pois era para arrecadar fundos para ajudar as vítimas da seca. — respondeu Izabel.

Izabel nunca se interessou pelos negócios do pai, o que causava muita tristeza nele. Por esse motivo ele via com bons olhos o casamento da filha com um jovem empresário de sucesso, sempre desejou que ela se casasse com um grande empresário, e por isso promoveu grandes festas na tentativa de que ela se interessasse por um, porém ela não se afeiçoou por nenhum deles, até que conheceu Dagoberto.

Izabel tinha muito engajamento social e desejava arrecadar fundos para ajudar as famílias atingidas pela seca. Seu pai viu nisso uma oportunidade para a filha se interessar por um grande empresário. Disse-lhe que tinha muito orgulho de seu interesse em ajudar os menos favorecidos e que iria organizar eventos para reunir os principais empresários da região para arrecadar fundos para as obras sociais da filha.

Izabel fazia questão de agradecer a cada um dos participantes, todos os empresários e empresárias acompanhados de suas esposas e de seus maridos, exceto um jovem que a olhava com muita frequência.

Dagoberto ficou impressionado com a beleza da jovem e, antes de sair, perguntou se poderia conversar com Izabel a respeito dos projetos dela. De imediato ela concordou, e um encontro foi marcado para o dia seguinte.

Outros encontros aconteceram, e eles começaram a namorar. O pai da Izabel ficou muito contente e incentivou que o casamento ocorresse logo. Um ano após o casamento, o casal teve seu primeiro filho.

— Dagoberto, o que você acha de colocarmos em nosso filho o nome do meu pai? — perguntou Izabel — Seria uma oportunidade de homenageá-lo em vida.

— Euclides é um nome muito bonito, seu pai merece muito — respondeu Dagoberto.

O sr. Euclides ficou muito feliz com a homenagem, principalmente porque seu neto poderia ser o sucessor dele, pois temia que seus negócios não tivessem continuidade nas mãos da filha, que não tinha nenhum interesse por eles.

Um ano depois do nascimento de Euclides, Izabel engravidou do segundo filho, e o pai dela estava muito doente, o que a fez não ter a mesma tranquilidade da gravidez do primeiro filho. O que a confortava era a felicidade do pai, por ela estar esperando o segundo filho. O pai dela recuperou-se da doença e logo voltou a assumir a direção de suas empresas.

Depois do nascimento do segundo filho, Dagoberto convocou uma assembleia geral para a inclusão dos filhos no quadro societário da empresa e a retirada do sr. Joaquim. Comprou as ações que doou para o sr. Joaquim por um bom dinheiro. Doou 10% das ações para cada um dos filhos.

— Euclides, você precisa fazer a faculdade de administração de empresas, pois em breve deverá assumir as empresas do grupo — disse Dagoberto.

— Já fiz inscrição para o vestibular da Universidade Federal da Bahia — respondeu Euclides.

Quando estava cursando o último ano, Euclides foi nomeado diretor das empresas do grupo. Após concluir o curso, ele desejava fazer pós-graduação nos Estados Unidos, porém seu pai não concordava que ele se afastasse das empresas por muito tempo.

— A melhor pós-graduação é a prática — afirmou o sr. Dagoberto.

— Tudo bem! — concordou Euclides.

O sr. Dagoberto não conseguiu convencer o filho caçula a estudar administração de empresas. Samuel dizia que não suportaria ficar o dia todo fechado entre quatro paredes. Queria dedicar um pouco de seu tempo em ajudar os menos favorecidos. Desejava fazer serviço social.

— Dagoberto, Samuel está interessado em fazer serviço social, você precisa apoiar a escolha dele — alertou Izabel.

— Eu aceitei a escolha de Samuel — disse Dagoberto —, porém não tenho obrigação de demonstrar entusiasmo com isso.

— Para administrar uma empresa, não é preciso uma formação específica — explicou Izabel —, alguém com formação em serviço social tem uma visão diferente de um administrador, que tem como preocupação principal o lucro.

Dagoberto nada respondeu e saiu da sala.

Izabel percebia que Dagoberto dedicava muita atenção a Euclides, pois se interessava pelo desempenho dele nos estudos e na empresa. Com relação a Samuel, não demonstrava nenhum interesse pelos seus estudos.

Todas as vezes que ela cobrava Dagoberto a mesma atenção em relação aos dois filhos, eles discutiam muito. Ela dizia que ele deveria respeitar as preferências dos filhos em relação aos estudos. Se Euclides gostava de administração de empresas, não era por influência do pai, e, sim, por vocação. Samuel não era obrigado a fazer um curso de que ele não gostava para atender aos desejos do pai.

Em uma dessas discussões, eles perceberam que Samuel assistia a tudo. Tentaram disfarçar.

CAPÍTULO 5

DELEGAÇÃO

Izabel ficava muito contrariada pelo fato de Euclides, tão jovem, já ter uma responsabilidade tão grande, trabalhando várias horas por dia, sem usufruir da juventude. Nunca tinha visto o filho com uma namorada. Dizia que, no dia em que Euclides percebesse que estava perdendo sua juventude, ele deixaria as empresas e culparia o pai. Apesar das preocupações da mãe, no início Euclides ficou muito entusiasmado com o convite do pai.

Na festa de formatura, Euclides dançou a valsa com a mãe. Todos os colegas dançavam com as namoradas. Não via a hora de terminar a valsa, responsabilizava o pai por não ter uma namorada. Sentia inveja do irmão pela coragem em desafiar o pai e não aceitar estudar algo de que não gostava. Tinha dúvidas se realmente gostava de administração ou foi apenas para atender a um desejo do pai.

— Dagoberto, você observou que todos os amigos de Euclides dançaram a valsa com as namoradas? — perguntou Izabel.

— Você vai querer me culpar pelo fato de Euclides não ter namorada? — defendeu-se Dagoberto.

— O menino não tem tempo para usufruir de sua juventude, preocupado apenas com negócios — respondeu Izabel.

— Eu tinha mais responsabilidade que Euclides, e isso não foi impedimento para arrumar namoradas — respondeu Dagoberto. —Quando a conheci, eu tinha a mesma idade do Euclides.

— Foi em outro momento e em outro contexto — respondeu Izabel. As pessoas são diferentes, não há duas pessoas iguais. Mesmo gêmeos que viveram no mesmo contexto veem o mundo de forma diferente.

Samuel, como havia desejado, concluiu o curso de serviço social em 1992 pela Universidade Federal da Bahia. A mãe o incentivou muito pela escolha. Seu pai nunca demonstrou nenhum interesse pelo que ele estudava. Ao contrário do que o pai imaginava, o curso que ele fez seria muito útil para as empresas, pois com o conhecimento que adquiriu poderia contratar as melhores empresas de auditoria externa. A mãe dele ficou muito feliz, e o pai, desapontado. Isso foi mais um motivo para aumentar as discussões do casal.

Samuel era muito calado e não demonstrava a mágoa que sentia do pai por ignorá-lo totalmente. Achava o pai muito egoísta, pois dava atenção somente a quem pensava como ele, por exemplo, Euclides; eles viviam conversando sempre a respeito das empresas. O distanciamento entre ele e o pai aumentava à medida que a proximidade do pai com Euclides crescia.

No mesmo ano em que concluiu o curso de serviço social, Samuel foi procurar o pai para dizer que estava interessado em fazer pós-graduação nos Estados Unidos. Antes de entrar na sala, percebeu que os pais discutiam muito. Ele era o motivo da discussão.

— Não aceito o que o Samuel fez, ele nunca se interessou em fazer administração, ele desejava estudar qualquer coisa somente para me contrariar — reclamou o sr. Dagoberto.

— O que incomoda você é que seus filhos tenham escolhas próprias — disse Izabel. — Tenho dúvidas se Euclides escolheu fazer administração por vontade própria ou por medo de contrariá-lo.

Retornou receoso de que os pais percebessem que ele tinha assistido à discussão.

Izabel dizia que o comportamento do marido era pelo fato de ser filho único, que não precisou dividir nada com ninguém, principalmente o amor dos pais com irmãos. Ele não era capaz de dar amor aos dois filhos e, por conta disso, escolheu Euclides, que era mais parecido com ele.

Ao ouvir isso, Dagoberto ficou muito pensativo, não saberia qual seria a reação da esposa ao saber que ele tinha um irmão, que nunca procurou e não se esforçou para atender ao último desejo do pai. Sentiu-se envergonhado de seu egoísmo, todavia sua expressão nada revelava o que estava sentido.

Samuel presenciou muitas discussões entre os pais. Ele se sentia responsável pelas brigas entre duas pessoas que ele tanto amava. Não entendia o motivo de amar o pai que o ignorava, por não aceitar a profissão escolhida por ele. Mesmo assim procurava entendê-lo, pois acreditava que ele sabia o que era melhor para o filho. Não entendia por que os pais achavam que tinham o direito de escolher a profissão dos filhos. O que é bom para eles talvez não seja para os filhos.

Samuel pediu para a mãe não discutir mais com o pai por causa dele. Ele ficava muito triste quando via os pais discutindo. Izabel explicava que as discussões não eram somente por causa dele, mas porque o marido não respeitava a opinião de ninguém. Somente a própria opinião contava. Ela prometeu que por causa do filho evitaria discutir com o marido.

CAPÍTULO 6

FUGA

Sentindo que o casamento dos pais estava ameaçado e que ele era o responsável pelas discussões, estava pensando em sair de casa sem revelar seu destino.

Ficava preocupado com a reação da mãe, principalmente porque ela era muito mais ligada a ele em comparação com Euclides. Ele era sua maior companhia, era com ele que ela conversava. Apesar da preocupação com a mãe, estava disposto a fazer o que planejava há muito tempo.

Pegou o carro, saiu em alta velocidade, não prestou atenção na rodovia que pegou, pois não sabia aonde desejava chegar. Depois de mais de um dia viajando, chegou em Belo Horizonte, onde permaneceu por um dia, porém ele sentia necessidade de continuar a dirigir. Dirigir na estrada o acalmava. Não percebeu quando pegou uma rodovia de mão dupla, por onde trafegavam muitos caminhões. As condições da rodovia eram péssimas, e ele não notou as enormes pedras de determinado trecho. O carro foi arremessado para a ribanceira, e seu corpo, jogado para fora do carro, pois estava sem o cinto de segurança. Sentiu uma dor enorme na cabeça, como se ela estivesse se partindo.

No mesmo instante, chegou um guincho com quatro homens que desenrolaram um cabo de aço e rebocaram o carro. Procuraram pelo motorista e, como não o encontraram, saíram rapidamente, temerosos que alguém os visse, então logo sumiram da rodovia.

Uma kombi com três passageiros passava pelo local. Um dos passageiros pediu para parar. Um senhor desceu para urinar e logo teve a impressão de que havia alguém gemendo.

— Vocês estão ouvindo gemidos? — perguntou o sr. Evaristo.

— Não ouvimos nada — responderam seus filhos, Thiago e Thais. — Estamos muito longe do lugar em que o senhor está.

— Tenho certeza de que tem alguém gemendo, vamos descer mais, venha me ajudar, Thiago — pediu o sr. Evaristo.

Desceram a ribanceira, e o sr. Evaristo avistou uma pedra com manchas de sangue e logo abaixo um rapaz. Quando estavam próximo do rapaz, viram que ele tinha um corte enorme na cabeça.

— Thiago, suba rápido e ligue para o socorro — disse o sr. Evaristo.

— Ele está sangrando muito, pai — constatou Thiago. — Vou tirar a camisa para ver se o sangue para de escorrer.

— Vou tirar a minha também — concordou o sr. Evaristo.

— O que aconteceu, Thiago? — perguntou Thais.

— Tem um rapaz com a cabeça partida — respondeu Thiago.
— Aqui está muito longe do telefone — disse Thais.
— Vou pegar uma carona para ir até o telefone — avisou Thiago. — Veja se você consegue parar algum carro para mim.
— Aonde você vai? — perguntou o motorista do caminhão.
— Vou até o telefone mais próximo para chamar o socorro — informou Thiago. —, Tem um rapaz ferido, e ele está perdendo muito sangue.
— O socorro vai demorar muito — disse o motorista do caminhão. — Vou ajudar vocês a colocarem o rapaz na kombi.
— Muito obrigado, moço — agradeceu o sr. Evaristo.
Depois de muito trabalho, conseguiram tirar o rapaz da ribanceira, ele era alto e pesava muito.
— Apoiem a cabeça do rapaz no colo de Thais — disse o sr. Evaristo. — Tomara que dê para salvá-lo.
Chegando ao hospital, comunicaram que tinham encontrado o rapaz com a cabeça ferida.
— Encontramos este rapaz numa ribanceira da rodovia — informou o sr. Evaristo. — Ele está sangrando muito.
Imediatamente quatro enfermeiros colocaram uma proteção no pescoço do rapaz e o levaram em uma maca.
— Vocês precisam fazer a ficha do rapaz — disse um dos enfermeiros. — Como é o nome dele?

— Não sabemos — respondeu o sr. Evaristo. — Nem sabemos se ele tem documentos.

— Ele não tem nada nos bolsos — disse um dos enfermeiros. — Entendam-se com o pessoal da recepção para fazer a ficha dele.

Os médicos disseram que o estado do rapaz era muito grave, que ele havia sofrido traumatismo craniano. Era necessário aguardar 24 horas para verificar a gravidade das lesões. Ele poderia ficar com muitas sequelas.

Os pais de Samuel ficaram muitos preocupados com o seu desaparecimento, então pediram ao dr. Nicanor que fosse à delegacia comunicar o desaparecimento do filho.

— A polícia procura por uma pessoa desaparecida somente depois de 24 horas. Caso Samuel não apareça neste período, vou contratar um detetive particular.

Chegando à delegacia, dr. Nicanor encontrou um delegado que foi seu colega de faculdade. Eles eram muito unidos.

— Nicanor, estamos com poucos policiais, eles não estão dando conta das ocorrências, mas como é você que está me pedindo, vou designar um dos nossos melhores detetives para encontrar o rapaz — informou o delegado.

— Não precisa designar um detetive para cuidar com exclusividade do desaparecimento do meu cliente — recusou o dr. Nicanor. — Não gosto que meus amigos se sacrifiquem por minha causa.

— Não é sacrifício, Nicanor — replicou o delegado.

— Não precisa se preocupar, meu amigo, a família do rapaz tem muitas posses — disse o dr. Nicanor. — Ela tem condições de contratar um bom detetive.

— Posso indicar um, ele é um dos melhores detetives da cidade — informou o delegado.
— Vou aceitar sua oferta — respondeu o dr. Nicanor.
Duas semanas depois de internado, Samuel acordou, olhou ao seu redor e viu várias camas ocupadas. Que lugar era aquele? Como havia chegado ali?
— Alguém estava aqui quando eu cheguei? — perguntou Samuel ao paciente que estava ao seu lado.
— Cheguei há quase duas semanas e você já estava aqui — respondeu um paciente.
— Que bom que você acordou! — Disse a enfermeira. Trouxe seus medicamentos, vou medir a glicose e daqui a pouco volto para aferir sua pressão. Alguém vai ficar muito contente em saber que você se recuperou.
— Quem é que vai ficar feliz com minha recuperação? — perguntou Samuel.
— É uma moça que vem aqui todos os dias — respondeu a enfermeira. — Foi ela, com o pai e o irmão, que trouxe você para o hospital.
— Que horas a moça vem me visitar? — perguntou Samuel.
— Ela já veio hoje — disse a enfermeira. — Quando vim trazer os medicamentos para você, ela estava saindo.
Chegando à casa, Thais explicou para o pai que o caso do rapaz era muito delicado, pois ele sofreu traumatismo craniano e não tinha previsão de alta.
Naquela noite, Samuel teve muitas dificuldades para dormir, tentou lembrar-se de seu passado. Estava curioso

em conhecer a moça que o salvou. Conseguiu dormir somente quando o dia estava amanhecendo.

Quando acordou, pensou que tivesse morrido e ido para o céu, pois sua primeira visão foi a de uma jovem rindo para ele. Sentiu muitas dores ao tentar retribuir.

— Meu nome é Thais, eu, meu pai e meu irmão encontramos você numa ribanceira na beira da rodovia.

— Não me lembro nem do meu nome — disse Samuel —, você sabe?

— Você estava sem documentos — respondeu Thais —, não precisa se preocupar que logo daremos um nome a você. Tem alguma preferência?

— Não tenho preferência. Como foi você que me encontrou, quero que você escolha — disse Samuel.

— Vou colocar em você o nome do meu papagaio, porque você fala mais que ele — brincou Thais.

— Qual o nome do seu papagaio? — perguntou Samuel.

— É brincadeira, eu não tenho papagaio — riu Thais.

— Ainda bem que você não tem papagaio, acho que não gostaria de ser chamado de "Loro", mas você continua responsável por escolher o meu nome — disse Samuel.

— Já sei qual o nome que vou colocar em você — entusiasmou-se Thais.

— Aceito o nome que você escolher — afirmou Samuel —, sei que você tem bom gosto.

— Você vai gostar do nome — disse Thais —, vou aproveitar para homenagear o meu pai, que foi quem o encontrou.

— Não vejo a hora de ter um nome — disse Samuel.

— Vou colocar o nome do maior ídolo do meu pai — disse Thais.

— Fale logo — insistiu Samuel.

— Seu nome será Ademir — continuou Thais —, é um nome bonito.

— Quem é este Ademir? — perguntou Samuel.

— É um antigo jogador de futebol do Palmeiras, o time do coração do meu pai — informou Thais.

— Gostei muito do nome — assegurou Samuel.

— Meu pai falou que o apelido de Ademir da Guia é divino — comentou Thais.

— Se você quiser, pode me chamar de divino — sugeriu Samuel.

— A dra. Carolina falou que, se você continuar melhorando, como está, na semana que vem terá alta — informou Thais.

Mesmo vendo a aflição dos pais, Euclides nunca revelou o paradeiro do irmão. Dois meses depois do desaparecimento de Samuel, chegou em uma das empresas uma multa do carro dele.

— Dr. Euclides, chegou este envelope, e o remetente é o Departamento de Estradas.

— Obrigado — agradeceu Euclides.

Quando abriu o envelope, descobriu que era uma multa por excesso de velocidade do carro de Samuel. A data de infração era de dois dias após seu desaparecimento.

No primeiro momento, Euclides teve o impulso de contar para o pai, porém a caminho da sala dele, conteve-se e achou melhor aguardar por algum tempo, pois ele desejava saber como estava Samuel. Se estivesse morto, não iria falar para os pais, pois achava que seria melhor para eles alimentar a esperança de que Samuel estava vivo.

Contratou um detetive particular para localizar Samuel, a única pista que tinha era o local em que o carro dele foi multado, em uma cidade próxima da capital paulista.

— Obrigado, dr. Euclides, por confiar em mim — agradeceu o detetive Valter. — Tenho certeza de que vou encontrar seu irmão.

— Valter, quero sigilo absoluto, você não deverá falar nada para ninguém, nem para os meus pais — pediu Euclides.

— Pode ter total confiança — disse Valter. — Quando for preciso, podemos nos encontrar aqui?

— Anote meu número privado, tome este aparelho de telefone — disse Euclides. —Use somente quando for entrar em contato comigo.

— Está bem, pode ficar tranquilo — avisou Valter —. Amanhã viajo para a cidade onde seu irmão foi multado.

— Está bem, e que tenhamos sorte — disse Euclides.

Como havia prometido para Euclides, Valter viajou para a cidade onde Samuel foi multado.

Descobriu que Samuel foi multado numa estrada muito perigosa, onde ocorriam muitos acidentes. Foi até a redação de um jornal muito popular que noticiava crimes e acidentes ocorridos na região. Depois de muito procurar, ele achou uma notícia que falava de um rapaz que foi encontrado em uma ribanceira ao lado da rodovia. A família que o encontrou o levou ao hospital da região. Ele não tinha documentos e tinha perdido a memória.

Valter foi até o hospital no qual Samuel foi internado, e os funcionários disseram que ele saiu na companhia da família que o havia socorrido. Obteve no hospital o endereço da família que acompanhou Samuel quando teve alta.

Durante uma semana, Valter ficou observando a família, que era formada por um senhor, uma senhora, um rapaz e uma moça. No sétimo dia, viu a moça sair da casa ao lado de um rapaz. Surpreso, verificou que o rapaz era o mesmo da foto que Euclides deu para ele. Samuel, que carregava bandejas de massa de pastel para uma kombi, parecia muito feliz. Pouco depois, eles saíram ao lado de um senhor e de outro rapaz. Ele decidiu segui-los. A kombi foi a uma feira em uma cidade próxima de São Paulo.

Depois deles terem montado a barraca, Valter aproximou-se e pediu dois pastéis e um copo de caldo de cana. O senhor fritava os pastéis, um dos rapazes vendia o caldo de cana, Samuel atendia os fregueses e a moça cuidava do caixa. Todos eles pareciam felizes, exceto o rapaz que vendia o caldo de cana, ele tinha uma cara amarrada e não dava um sorriso. Quando foi pagar, Valter procurou pelos bolsos e notou que não tinha dinheiro suficiente para pagar os pastéis e o caldo de cana. O de cara amarrada logo puxou ele pelo colarinho. Imediatamente, o senhor veio em socorro dele, livrando-o da fúria do filho, que largou o colarinho de Valter de imediato.

Valter disse ao senhor que estava há pouco tempo na cidade e que procurava um emprego e um lugar para morar. Não tinha família na cidade. O senhor informou que próximo da casa dele tinha uma pensão e que ele poderia ajudá-lo a pagar a pensão até que arrumasse um emprego.

Quando terminou a feira, Valter acompanhou a família e, ao chegar à casa, o senhor foi conversar com o dono da pensão para que Valter ficasse lá e que ele pagaria o aluguel até que o rapaz arrumasse um emprego.

Em pouco tempo, Valter conquistou a confiança do sr. Evaristo, que disse que tinha acolhido o rapaz que o ajudava na feira. O rapaz sofreu um acidente, perdeu a memória e estava morando com eles há quase dois meses. Como o rapaz não lembrava do nome dele, ele pediu para Thais escolher um nome. Para homenagear o pai, ela pôs o nome de um ídolo dele dos anos 1970, Ademir da Guia, o nome do jovem passou a ser Ademir. Ele logo simpatizou-se por Ademir, que o considerava um filho; a filha estava noiva dele, e logo estariam casados.

Disse que estava pensando em fazer um empréstimo no banco para comprar uma barraca para Ademir, porém não tinha o que dar como garantia.

Valter disse que a família dele ficou de mandar um dinheiro para ele, porém não tinha conta no banco. Perguntou se ele poderia dar o número da conta. Prontamente o sr. Evaristo informou o número de sua conta.

No dia seguinte, Valter disse que precisava voltar para casa, pois a mãe tinha sofrido uma queda e ficou muito doente, porém tinha um problema, ele não tinha o dinheiro da passagem. O senhor emprestou o dinheiro para ele. Disse que assim que chegasse a sua casa depositaria o dinheiro.

Uma semana depois, Valter enviou o pagamento referente à passagem e ao aluguel da pensão pagos pelo sr. Evaristo.

Valter e o sr. Evaristo continuaram a se corresponder. A confiança do sr. Evaristo em Valter era tanta que fazia muitas confidências e falava das dificuldades que estava passando, do filho desaparecido há muitos anos, do empréstimo que fez no banco para comprar uma barraca de feira para dar de presente de casamento para a filha.

Apesar de a filha e Ademir terem vendido a barraca, o dinheiro não foi suficiente para pagar o empréstimo; se os negócios fossem bem, ele conseguiria liquidar a dívida em oito meses, porém não saberia o que fazer caso seus planos não dessem certo.

Valter perguntou quanto ele devia de empréstimo, o sr. Evaristo disse que não queria incomodá-lo, que estava apenas desabafando com ele, pois não tinha coragem de dizer para a família a situação real do empréstimo no banco, pois eles acreditavam que ele havia liquidado a dívida. Depois de Valter insistir muito, finalmente disse o valor que devia ao banco.

Valter contou para Euclides a localização de Samuel, quem era a família com quem ele estava vivendo e quais as dificuldades financeiras dessas pessoas.

Euclides ficou muito pensativo, não desejava mal ao irmão. Tinha muito remorso por não ter avisado os pais sobre o paradeiro do irmão.

Ele precisava arrumar uma forma de ajudar o irmão e precisava ser pela família com quem ele estava morando.

Falou para Valter encontrar uma maneira de enviar o dinheiro para liquidar a dívida da família com o banco. Não poderia revelar o nome de quem depositou o valor.

Antes de Valter dar qualquer resposta sobre como enviar o dinheiro, Euclides disse que já sabia como fazer isso. Decidiu que o remetente seria o avô já falecido.

Apesar de bem recomendado pelo delegado, o detetive contratado pelo dr. Nicanor não conseguiu nenhuma pista de Samuel. A família dele cobrava muito.

— Dr. Nicanor, já tem um ano que Samuel desapareceu, não tivemos nenhuma notícia dele. O detetive que contratou não achou nenhuma pista — disse o sr. Dagoberto. — Há muito tempo, não conseguimos dormir direito.

— Vou contratar outro detetive e dispensar o atual — respondeu o dr. Nicanor.

CAPÍTULO 7

MUDANÇA

O sr. Evaristo chegou a São Paulo em 1970, quando tinha dezoito anos. Como tinha pouco dinheiro, procurou uma pensão bem modesta. Nessa pensão moravam vários rapazes, a maioria era do Nordeste, alguns eram casados; os que não eram casados tinham planos de arrumar uma noiva na terra deles. Nos fins de semana, eles gostavam de dançar no salão e o convidavam, porém como não tinha nenhum terno ele não podia ir. Alguns colegas tinham mais de um terno e ofereciam para ele, porém nenhum servia. O grande desejo deles era nas férias viajar para verem suas esposas e noivas. Ele precisava arrumar um emprego bem rápido, pois o dinheiro que tinha era pouco.

Uma semana depois, um colega da pensão disse que a obra em que ele trabalhava precisava de ajudante de pedreiro, porém o salário era baixo.

No dia seguinte, começou a trabalhar como ajudante de pedreiro. Como o trabalho era muito pesado, ele chegava na pensão muito cansado, com calos nas mãos de tanto empurrar o carrinho de mão.

Fez amizade com Geremias e Moisés, que eram um dos poucos rapazes que tinham esposa e filhos morando em São Paulo.

— Evaristo, você quer almoçar na minha casa no próximo domingo? — perguntou Moisés. — Depois nós vamos assistir ao jogo do Corinthians contra o Palmeiras.

— Aceito o convite — respondeu Evaristo —, você torce para quem?

— Sou corintiano fanático, o Palmeiras é o maior rival do Corinthians — disse Moisés.

Evaristo ficou empolgado em ver tanta gente. Quando os times entraram em campo, Moisés disse que o Corinthians era o time de camisa branca e calção preto.

O jogo começou, e Evaristo se empolgou com o time do Palmeiras, mas ele não deixou que Moisés percebesse. O Palmeiras ganhou por 1 x 0, gol de César. Moisés ficou muito triste.

— Evaristo, você não deu sorte para o Corinthians. A derrota foi um acidente.

— Acidente? O Palmeiras foi muito melhor, aquele loirinho joga muito bem! — empolgou-se Evaristo. — Como é o nome dele?

— Ademir da Guia — respondeu Moisés.

Evaristo ficou sabendo que o Corinthians não ganhava um título há mais de dez anos, ficou vários anos sem ganhar do Santos. Não entendia como alguém poderia sofrer tanto por um time de futebol.

No domingo seguinte, foi almoçar na casa de Geremias. A família dele era muito grande. Foi muito bem recebido por todos. Percebeu que tinha uma mocinha que olhava timidamente para ele, era Maria. Em uma semana, Evaristo conheceu seus dois amores, Maria e o Palmeiras, não sabia quem ele amava mais. Agora ele entendia o Moisés.

Quase um mês depois, Moisés convidou Evaristo para assistir ao jogo do Corinthians contra o São Paulo.

— Você não acha que dou azar para o Corinthians? — perguntou Evaristo.

— Vou tirar a prova amanhã — respondeu Moisés.

— O Geremias torce para o São Paulo — comentou Evaristo —, se o São Paulo perder, ele vai achar que dou azar.

— Não será nada bom desagradar o cunhado — brincou Moisés. — Estou sabendo que você está embeiçado pela Maria.

— Está bem, vou assistir ao jogo — disse Evaristo.

O Corinthians perdeu para o São Paulo por 1 x 0, gol do Paraná.

— Acho que eu não dou sorte para o Corinthians — disse Evaristo.

— Eu tenho certeza — respondeu Moisés.

Depois de dois anos de namoro, Evaristo e Maria marcaram o casamento. Para formalizar o convite para os padrinhos e as madrinhas, houve um almoço na casa da família de Maria.

— Moisés, desejo que você e sua namorada sejam meus padrinhos.

— Obrigado pelo convite — disse Moisés —, no momento não tenho namorada, vou com minha irmã.

— É mais fácil o Corinthians ser campeão do que o Moisés se casar — brincou Geremias.

— Meu casamento está perto, pois o Corinthians será campeão este ano — disse Moisés.

Muitos amigos de trabalho foram ao casamento de Evaristo. Alguns disseram que as esposas e os filhos estavam na Bahia, outros disseram que no final do ano iam casar-se na Bahia, porém naquele momento não podiam trazer suas esposas para São Paulo.

Evaristo achava que Deus estava recompensando-o por poder morar com sua esposa e, quando tivesse filhos, poder estar com eles todos os dias, enquanto muitos de seus colegas de trabalho os viam apenas uma vez por ano.

Naquela época não era comum a mulher trabalhar fora de casa, por isso Evaristo era o responsável pelo sustento da família. O casal levava uma vida simples, porém nada faltava. Moravam em uma casa com um quarto e cozinha, sem água encanada.

Evaristo nunca falou da família dele; quando Maria perguntava, ele nada falava e ficava o resto do dia calado e pensativo. Quando iam almoçar na casa dos pais dela, no primeiro momento, ele parecia que ficava triste, porém logo se animava. Maria deixou de perguntar pela família dele.

Nunca falou para sua esposa que não conhecia seu pai; sua mãe o educou sozinha. Sentia que havia cometido uma grande injustiça com a mãe ao não falar para sua nova família sobre a grande mulher que ela foi.

— Tenho muita pena das esposas e dos filhos de seus amigos que vivem na Bahia, vendo os maridos apenas uma vez por ano — disse Maria. — Eu não aceitaria isso.

— As esposas e os filhos dos meus amigos os veem pelo menos uma vez por ano — disse Evaristo. — Triste foi o que aconteceu com minha mãe.

— O que aconteceu com sua mãe? — perguntou Maria.

— Quando eu nasci, meu pai veio para cá e nunca mais voltou para a Bahia — respondeu Evaristo. — Ela me contou que meu pai morreu pouco depois que eu nasci.

— Sua mãe foi uma grande lutadora — disse Maria —, nem imagino como é difícil criar um filho sozinha.

— Quando descobri que meu pai tinha fugido, muitas pessoas disseram que não entendiam o motivo dele nunca mais voltar, pois ele sempre foi responsável — disse Evaristo.

Evaristo sentia inveja dos colegas que mostravam os brinquedos que os pais levavam de São Paulo, quando iam passar as férias na Bahia. Alguns dos pais iam todos os anos. Com vergonha de não ter pai, escondia esse fato de todos. Sentia um grande alívio por ter falado de sua mãe para a esposa. Sentia que tinha reparado uma injustiça que tinha cometido contra sua mãe ao não falar da grande mulher que ela foi ao educá-lo sozinha. Estava também sendo injusto com sua esposa por esconder seu passado, não falar da sua mãe, bem como do pai que nunca conheceu, nem sabia se ele ainda estava vivo. Isso era indiferente para ele.

CAPÍTULO 8

FILHA CAÇULA

Quando se casaram, o sr. Evaristo e Maria foram morar em uma casa muito simples, com um quarto, sala e cozinha, sem esgoto. Nos fundos da casa tinha uma fossa para onde ia toda a água. Como a casa ficava abaixo do nível da rua, quando chovia muito, a fossa enchia, sendo necessário esvaziar com baldes. O trabalho do sr. Evaristo era muito longe, e o transporte era muito ruim. Ele saía de casa às cinco e meia da manhã e, mesmo assim, chegava atrasado no trabalho, que começava às oito. Percebia que, quando chegava atrasado, alguns colegas olhavam para seus relógios, em uma clara reprovação.

Dois meses depois do casamento, a sra. Maria engravidou do primeiro filho, um menino muito forte. Decidiram colocar o nome de Tadeu em agradecimento a uma graça alcançada por intervenção de São Judas Tadeu.

Colocaram o berço do menino no quarto deles e faziam planos para terem outro filho quando Evaristo tivesse um salário melhor. Estavam muito contentes e sonhavam em comprar uma casa maior e mais próxima do trabalho do sr. Evaristo.

Dois anos depois do nascimento de Tadeu, Maria engravidou pela segunda vez. Com o nascimento de Thiago, precisaram colocar o berço de Tadeu na sala. A casa parecia muito menor, era necessário mudar para uma casa de dois quartos.

O sr. Evaristo fez um acordo com a empresa e conseguiu dar entrada em uma pequena casa de dois quartos, mais próxima do trabalho. Os meninos tinham seu próprio quarto. Maria desejava muito ter uma menina, e, antes de Thiago completar três anos, nasceu Thais.

Tadeu nasceu em 1972, Thiago em 1974 e Thais, a caçula, em 1977. Com o nascimento de Thais, a casa ficou pequena, era preciso comprar uma casa com três quartos.

O salário do sr. Evaristo deixou de ser suficiente. Ele precisou arrumar algo para fazer nos fins de semana. Foi ajudar um vizinho que tinha uma barraca de pastel na feira. Percebeu que o vizinho ganhava um bom dinheiro. Resolveu fazer um empréstimo no banco e comprou uma barraca própria, porém foi necessário deixar o emprego.

No início ele ganhava um bom dinheiro com as vendas de pastel, pagou as primeiras parcelas do empréstimo sem sacrifícios. Depois de um ano trabalhando na feira, sua esposa Maria, que preparava as massas para os pastéis, adoeceu e, durante seis meses, não pôde ir à feira. Os fregueses começaram a se afastar, reduzindo muito as vendas, impossibilitando o pagamento das parcelas do empréstimo no banco.

Evaristo arrumou um emprego para trabalhar à noite como vigia de uma transportadora. Para que não dormisse, a empresa exigia que marcasse o ponto de hora em hora em vários relógios distribuídos em pontos diferentes da empresa. No final do turno, ele sentia muito sono e cansaço. Ele precisava dormir de dia, porém a filha caçula chorava muito e o impossibilitava de dormir. Ia trabalhar com muito sono, e, certa noite, quando fazia a ronda na empresa, sua arma caiu no chão e uma bala atingiu sua perna; a pólvora espalhou-se, e a ferida levou muito tempo para cicatrizar. Quando finalmente retornou à empresa, ele foi dispensado, sob a alegação de que não poderia mais executar o serviço.

Maria se recuperou e voltou a trabalhar na feira, e, como um toque de mágica, os fregueses começaram a voltar. As vendas aumentaram muito, e finalmente eles conseguiram pagar a dívida no banco.

Tadeu não se conformava com o sacrifício que a mãe precisava fazer, pois, além de trabalhar na feira, ficava até tarde da noite preparando as massas dos pastéis. Além disso, ela lavava e passava roupa para fora no único dia da semana que tinha folga, na segunda-feira.

— Não sei o que o senhor faz com o dinheiro, todos em casa trabalham e o dinheiro não dá para pagar as contas — reclamou Tadeu.

Tadeu decidiu procurar emprego para que sua mãe não precisasse trabalhar tanto. Como o trabalho que arrumou pagava muito pouco, ele resolveu aceitar o convite de um amigo para trabalhar como corretor em Guarulhos.

— Vou precisar alugar uma casa em Guarulhos, porque fica muito longe daqui — disse Tadeu.

— Seu salário vai dar para pagar aluguel e ajudar com as despesas de casa? — perguntou o sr. Evaristo.

No início, Tadeu voltava para casa todo fim de semana, até que deixou de voltar para a casa dos pais e não deu mais notícias.

O sr. Evaristo foi procurar Tadeu no endereço que ele deu. Chegando lá, foi atendido por uma senhora que disse não o conhecer. Ela morava naquela casa há mais de um ano e nunca tinha ouvido falar de Tadeu.

Triste e muito preocupado, o sr. Evaristo voltou para casa, não sabia o que dizer para Maria, pois ela tinha muitas esperanças de encontrar Tadeu. Em alguns momentos, pensava em dizer que Tadeu tinha viajado a negócios, em outros momentos pensava em dizer a verdade.

— Maria, fui procurar por Tadeu, mas ele não mora no endereço que deixou, quem mora é uma senhora há mais de um ano — disse o sr. Evaristo.

— Evaristo, tenho muito medo de que o Tadeu esteja fazendo coisa errada — disse Maria.

Ao saber do desaparecimento do irmão, Thiago pareceu não se incomodar. Thais era muito pequena e não entendia o que estava acontecendo.

Maria algumas vezes culpava Evaristo pelo sumiço de Tadeu, e ele retrucava que se Tadeu realmente gostasse da família não teria sumido por tanto tempo. Maria respondia que não se incomodava de Tadeu não se interessar pela família. Ela temia que ele estivesse morto.

Como os negócios na feira iam muito bem, Evaristo resolveu construir nos fundos uma casa com um quarto, cozinha e banheiro para alugar e ter uma renda extra. Como o carro que ele usava na feira estava muito velho, ele precisou comprar uma perua kombi. O dinheiro que tinha não era suficiente, e ele precisou financiar uma parte do valor.

Com os filhos, Thiago e Thais, eles faziam feira em Guarulhos, cidade vizinha do bairro em que moravam.

Depois do desaparecimento de Tadeu, ela também ajudava na feira. Como era muito sacrifício para ela, todos decidiram que bastava ela ir à feira dia sim, dia não.

CAPÍTULO 9

A CURVA

Samuel disse para o sr. Evaristo que desejava ajudá-los na feira. Poderia aprender o serviço. O sr. Evaristo concordou com o pedido dele, e, no dia seguinte, foram à feira.

Como estava procurando coragem para dizer a Thais o que sentia por ela, via esse momento como uma oportunidade para ficar mais próximo dela.

A chance logo surgiu quando a Kombi fez uma curva muito acentuada, jogando Thais nos braços dele, sentiu um arrepio ao tocar no corpo dela. Ela sorriu para ele e disfarçadamente pegou na mão dele e a apertou.

Ele poderia ficar mais tempo próximo de Thais. Desde que a conheceu no hospital, apaixonou-se por ela e percebia que era correspondido.

Nesse mesmo dia, ele prometeu que diria a Thais o quanto estava apaixonado por ela. Era preciso arrumar uma maneira de ficar sozinho com ela, pois o tempo todo sempre tinha alguém da família por perto. Sentia saudades do tempo que esteve internado, pois todos os dias ele recebia a visita de Thais. Ele não entendia por que tinha tanto medo de dizer o que sentia por ela. Talvez fosse medo dela não sentir o mesmo por ele. O interesse por Thais aumentava a cada dia que passava ao lado dela desde o hospital.

Naquela noite não conseguiu dormir de tanto pensar em uma forma de ficar a sós com Thais, porém o dia amanheceu e não conseguiu definir nada.

No final da tarde, o sr. Evaristo procurou Samuel para dizer que ele não poderia ir à feira no final de semana.

— Ademir, o Thiago não sabe dirigir, vou precisar que você dirija a perua — disse o sr. Evaristo. — Você sabe?

— Sim, mas não sei o caminho — respondeu Samuel.

Thiago, que estava próximo, informou que não poderia ir naquele dia, pois ia ao dentista extrair um dente. Disse que Samuel poderia ir sozinho, pois ele já tinha ido duas vezes e conhecia os fregueses da banca do pai.

Samuel repetiu que tinha medo de errar o caminho, acabar se perdendo e não saber voltar. Thais, que ouvia tudo calada, sugeriu que poderia acompanhá-lo.

Samuel sentiu um misto de alegria e medo, pois ele não tinha certeza de que conseguiria dirigir, não se lembrava de nada antes do acidente.

No dia seguinte, quando foram à feira, Samuel pediu ao sr. Evaristo para sentar na frente, pois ele queria aprender o caminho, já que nas vezes anteriores não tinha prestado atenção; assim Thais não precisaria ir com ele. Thais arregalou os olhos de espanto, e Samuel teve certeza de que ela gostava dele.

Samuel sentou-se ao lado do sr. Evaristo. Thiago e Thais sentaram-se atrás. Durante toda a viagem de ida e volta, ele ficou observando os movimentos do sr. Evaristo para trocar de marcha, acelerar e frear. Achou que não seria difícil. O caminho ele já sabia muito bem, porém se dissesse que sabia, talvez Thais não fosse com ele.

Quando finalmente chegou o fim de semana, ele e Thais foram à feira para atender os fregueses do sr. Evaristo. Thais sentou-se a seu lado e pegou em sua mão.

— Você vai conseguir! Tem certeza de que sabe dirigir? — perguntou Thais.

— Eu observei bastante o seu pai dirigir — disse Samuel. — Você é mesmo corajosa por viajar com um aprendiz de motorista.

Quando tocou nas marchas do carro, Samuel tinha a sensação de que já dirigia há muitos anos, que seria tranquilo e que precisaria apenas se conter para não ficar o tempo todo olhando para Thais, pois precisava prestar atenção na estrada.

Como a sra. Maria havia preparado massa para muitos pastéis, além das encomendas, eles ficaram até o final da feira e venderam toda a mercadoria. Thais ficou impressionada ao ver como ele tratava os fregueses.

Entre um freguês e outro, Samuel finalmente encontrou coragem para dizer a Thais o quanto ele a amava. Ela disse que já sabia e que também estava apaixonada por ele e esperava ansiosa pela declaração.

Samuel já era considerado um membro da família do sr. Evaristo. Todos estavam contentes com a chegada dele, exceto Thiago, pois ele sentia que o pai dava mais atenção a um estranho que para ele.

Samuel se recuperou quase que totalmente do acidente, se não fosse o fato de não lembrar de seu passado.

— Sr. Evaristo, agora que eu sei o caminho da feira, o senhor pode descansar pelo menos um dia por semana — disse Samuel. — Não me sinto bem em ver vocês se sacrificarem tanto por mim e eu não poder fazer nada em troca. Sra. Maria não precisará mais ir à feira, isto é, se vocês concordarem.

— Você sabe fazer conta? Não se esqueceu depois do acidente? — perguntou o sr. Evaristo.

— Eu não lembro do meu nome nem da minha família, não sei se fiz alguma faculdade, acho que não esqueci o que aprendi — respondeu Samuel.

— Interessante — disse Thais —, agora eu me lembro que, no dia, tocava no rádio uma música dos Beatles e Ademir traduziu a música.

— Se fiz faculdade, não sei, o que sei é que entendo inglês — respondeu Samuel. — Não sei como aprendi.

— Acho que seria bom consultar uma psicóloga — disse Thais. — Talvez ela consiga descobrir o que você aprendeu na escola.

— Deve ser muito caro o tratamento com uma psicóloga — respondeu Samuel.

— Ademir, nós vamos fazer de tudo para que você possa fazer uma consulta com uma psicóloga — disse o sr. Evaristo.

Samuel aceitou a oferta do sr. Evaristo de consultar uma psicóloga. No caminho do consultório encontrou uma escola de idiomas, ficou pensativo durante algum tempo e decidiu entrar.

— Vocês estão precisando de professor de inglês? — perguntou Samuel.

— Estamos precisando de professores para o período da manhã — respondeu o dono do curso. — Você conhece outro idioma além do inglês?

— Eu sofri um acidente e perdi a memória, por conta disto não sei quantos idiomas estrangeiros falo além do inglês — respondeu Samuel.

— Quando você pode começar? — perguntou o dono da escola.

— Amanhã, se o senhor desejar — respondeu Samuel.

— Pode vir amanhã. Você nem perguntou o salário — estranhou o dono do curso. — Nós não registramos, porque fica muito caro, vamos contratar você como autônomo.

Samuel chegou em casa muito eufórico, disse que no caminho do consultório da psicóloga tinha uma escola de idiomas e ele resolveu perguntar se havia vagas para professores de inglês e que começaria no dia seguinte.

— Que notícia maravilhosa! — disse Thais — Se tudo der certo podemos marcar nosso casamento.

Um filme passou pela cabeça de Samuel, desde o momento que conheceu aquela família que o acolheu, mesmo não sabendo quem ele era e de onde veio. Sentia-se muito feliz em conviver ali. Era tratado como um deles. Sentia que aquela casa sempre foi o lar dele.

— Sr. Evaristo, só não estou mais feliz com o emprego, porque não vou poder ir à feira para o senhor descansar um pouco e a sra. Maria também não precisar ir — lamentou Samuel.

— Não se preocupe, já estou acostumado! A Maria de qualquer forma não vai mais à feira — disse o sr. Evaristo.

Samuel desejava conquistar também Thiago, mesmo sabendo que ele resistia muito.

Thiago efetivamente não gostava de Samuel, vivia reclamando com o pai, dizia que o negócio deles não era suficiente para mais uma pessoa.

— O Ademir já arrumou um bom emprego, não vai precisar ir à feira — disse o sr. Evaristo. — Eu o considero um membro da família, principalmente porque logo ele vai se casar com Thais.

O sr. Evaristo achava que Samuel foi enviado por Deus para deixá-los com um pouco da paz que eles não tinham desde o desaparecimento de Tadeu há mais de quinze anos, com poucas esperanças dele estar vivo.

Thiago reclamava de tudo, vivia de cara fechada o tempo todo, enquanto Samuel era uma pessoa muito alegre, que cativava a todos.

Samuel saiu muito cedo para seu primeiro dia de trabalho. Os alunos eram todos adolescentes. Gostaram muito do novo professor.

— Parabéns pela aula, sr. Ademir, gostei muito de sua metodologia — disse o dono da escola. — Amanhã o senhor traz os documentos.

— Eu perdi os documentos — respondeu Samuel.

— Sinto muito, sem os documentos não será possível contratá-lo — disse o dono da escola. — Os pais dos alunos não concordariam que seus filhos tenham um professor que não tem documentos. Quando tiver os documentos pode me procurar.

Samuel voltou para casa no momento em que o sr. Evaristo estava chegando da feira e não conseguia esconder a cara de desencanto.

— Foi tudo bem? — perguntou Thais.

— Fui dispensado do emprego porque não tenho documentos — respondeu Samuel.

— Você vai ser muito útil na feira — disse o sr. Evaristo. — Muitos fregueses perguntaram por você.

O sr. Evaristo percebeu que Samuel poderia ser um excelente comerciante, pois ele sabia lidar com as pessoas. Precisava encontrar uma maneira de ajudá-lo a ter seu próprio negócio após o casamento com sua filha.

Em 1994, desejavam se casar, porém como Samuel não tinha documentos, deixaram a ideia do casamento e foram morar juntos. Moraram na edícula nos fundos da casa do sr. Evaristo.

Pouco depois de três meses, Thais engravidou e o sr. Evaristo em segredo resolveu fazer um empréstimo no banco para que Samuel pudesse ter seu próprio negócio, diria para a filha que era um presente de casamento atrasado.

Como o sr. Evaristo havia previsto, Samuel demonstrou ser um excelente comerciante, e os negócios foram muito bem, possibilitando que alugasse uma casa, principalmente porque a família ia aumentar. O sr. Evaristo e a sra. Maria sentiam um misto de alegria e tristeza, tristes por eles se mudarem para outra casa e felizes por eles terem seu próprio cantinho.

Sem que Samuel soubesse, o sr. Evaristo fez um empréstimo no banco para dar o dinheiro para Samuel e Thais comprarem uma barraca de feira.

— Sr. Evaristo, o pouco tempo que estou com vocês é suficiente para saber que não tem condições para ter este dinheiro — disse Samuel.

— Eu recebi o dinheiro de um processo trabalhista que rolava na justiça há muito tempo, eu não tinha mais esperança de receber — mentiu o sr. Evaristo.

Ele sabia que o sogro não tinha condições de dar o dinheiro de presente para eles. Desejava pagar o mais rápido possível, pois faria falta ao sogro. Assim que terminasse de pagar os móveis da casa, ele começaria a pagar o sr. Evaristo.

CAPÍTULO 10

A HIPOTECA

Samuel e Thais alugaram uma pequena casa próxima dos pais dela. Todos os dias eles deixavam a pequena Cintia com a avó.

— Thais, como os negócios estão indo muito bem, estou pensando em contratar um garoto para me ajudar e você pode cuidar da nossa filha — disse Samuel.

— Nós precisamos economizar, e a mamãe cuida muito bem de Cintia — disse Thais. — Ela tem prazer em cuidar da menina.

— Eu sei que a sra. Maria cuida muito bem e com prazer de Cintia, mas acho que não é como a mãe — disse Samuel.

— A Cintia está tão pequena que não vai saber quem é a mãe e quem é a avó — explicou Thais.

— Eu já contratei o garoto, ele estuda à tarde, portanto, não vai atrapalhar os estudos dele — informou Samuel. — Quando formos buscar a Cintia, nós falamos para eles.

Antes de entrarem na casa, ouviram uma discussão entre Thiago e o sr. Evaristo. Thiago dizia para o sr. Evaristo que ele não deveria ter hipotecado a casa para fazer empréstimo e comprar a barraca para a irmã e o cunhado, pois mal sabiam o nome dele e sua origem.

— Eu concordo com o Thiago — disse a sra. Maria. — Como é que dá a única casa que temos como garantia de um empréstimo? Você se esqueceu do sacrifício que precisamos fazer para poder comprar nossa casinha? Eles são jovens e logo conseguiriam comprar a barraca deles.

Samuel e Thais olharam-se perplexos com essa descoberta. Na ponta dos pés, saíram da casa antes que eles percebessem. Quando chegaram em casa, concluíram que havia somente uma alternativa.

— Precisamos vender nossa barraca para devolver o dinheiro para o seu pai — disse Samuel. — Eu não me perdoaria se seus pais perdessem a casa.

— Vamos precisar devolver esta casa e voltar a morar nos fundos da casa dos meus pais — constatou Thais.

— Acho que o dinheiro da venda da barraca é suficiente para quitar a dívida que seu pai fez — disse Samuel.

— É uma pena precisar devolver nossa casinha — lamentou Thais.

— Talvez não seja preciso devolver a casa — disse Samuel.

— O que você pensa em fazer? — perguntou Thais.

— Thais, você pode pedir um empréstimo no banco para que o seu pai possa pagar o empréstimo dele e retirar a hipoteca da casa — pediu Samuel.

— O banco vai querer garantias — preocupou-se Thais.

— Não vamos conseguir o empréstimo, mas você pode tentar saber qual é o valor do empréstimo que seu pai fez. Peça o mesmo valor que o sr. Evaristo deu para nós, pois o banco vai calcular os juros. Se ele não quiser calcular, pergunte a taxa de juros para eu mesmo calcular — orientou Samuel.

— Do jeito que você fala, acho que você era diretor de banco ou contador — disse Thais.

No dia seguinte, Thais foi ao banco na expectativa de conseguir o dinheiro para comprar uma barraca. Ficou assustada com o valor dos juros cobrados.

O gerente disse que os juros poderiam ser menores se ela tivesse alguém que possuísse um imóvel para ser fiador dela. Thais disse que o pai dela poderia ser o fiador. O gerente respondeu que ele não poderia ser fiador, pois ele já tinha hipotecado a casa como garantia de um empréstimo que ele havia feito há pouco tempo, que inclusive estava com uma prestação atrasada. Thais disse ao gerente que ela e o marido tinham uma barraca de pastel e que a venderiam para pagar o empréstimo do pai. O gerente informou que o valor de uma barraca de pastel não seria suficiente para pagar o empréstimo.

Quando chegou a sua casa, Thais explicou tudo para Samuel. Eles chegaram à conclusão de que precisariam vender a barraca de pastel, além de devolver a casa e voltar para a pequena edícula.

O sr. Evaristo precisou alugar a pequena edícula com um adiantamento de três meses do aluguel, assim poderia pagar as prestações atrasadas do empréstimo.

CAPÍTULO 11

O DESCONHECIDO

Samuel e Thais venderam a barraca e deram o valor recebido para o sr. Evaristo liquidar a dívida que tinha no banco.

— Sr. Evaristo, nós vendemos a barraca para que possa pagar o empréstimo — disse Samuel. — Gostaríamos de voltar a trabalhar na feira.

Após relutar muito, o sr. Evaristo acabou aceitando o dinheiro. Não sabiam onde iam morar, pois o sr. Evaristo havia alugado a pequena edícula.

— O Ademir e a Thais venderam a barraca deles e devolveram a casa, Maria. Eles não têm onde morar — disse o sr. Evaristo.

— Você não pode construir um cômodo nos fundos da casa? Eles podem usar nosso banheiro e nossa cozinha — disse a sra. Maria.

— O dinheiro só dá para pagar o empréstimo — lamentou o sr. Evaristo.

— Você não precisa pagar toda a dívida agora — disse a sra. Maria.

O sr. Evaristo escreveu para um amigo, informando as dificuldades que a família dele estava passando. Com esforço, conseguiu construir um cômodo nos fundos da casa. A filha e o marido usavam a cozinha e o banheiro da casa dele.

Samuel, que era muito comunicativo, passou a ser uma pessoa muito calada, sem ânimo para nada. Ficava o dia todo deitado, olhando para o teto, não ajudava mais o sogro na feira. Thais não sabia como motivar o marido. Foi conversar com o gerente do banco para pedir um prazo maior para pagar as parcelas restantes do empréstimo.

— Estou precisando de um prazo maior para pagar as prestações que estão vencendo — pediu o sr. Evaristo.

O sr. Evaristo teve uma grande surpresa quando o gerente falou que haviam depositado na conta dele um valor mais do que suficiente para liquidar o empréstimo.

— Como o banco pode dar prazo para você pagar o empréstimo, se na sua conta tem saldo suficiente para liquidar o empréstimo? — questionou o gerente do banco.

— Mas eu não depositei nada — respondeu o sr. Evaristo. — Tem como saber quem depositou?

— O depósito foi feito em dinheiro em um caixa eletrônico de Salvador — respondeu o gerente. — Venha amanhã, talvez a gente possa saber quem depositou o dinheiro.

Depois de recuperar-se da surpresa, o sr. Evaristo imaginou que talvez fosse o Valter que depositou, pois ele era a única pessoa que sabia da dívida dele.

— Alô, quem está falando? — perguntou Valter.

— Boa tarde, Valter, é o Evaristo — respondeu. — Queria saber se você depositou um dinheiro na minha conta?

— Depositei o dinheiro que você me emprestou — respondeu Valter. — Você recebeu?

— Recebi — respondeu o sr. Evaristo. — Estou falando de outro depósito que fizeram na minha conta, um valor alto.

No dia seguinte, o sr. Evaristo foi ao banco e o gerente disse que o nome de quem depositou era Agenor. Muito surpreso, o sr. Evaristo comentou que nunca conheceu nenhum Agenor.

O dinheiro que o sr. Evaristo recebeu de um desconhecido era mais que suficiente para saldar a dívida, e, com parte do que sobrou, ele poderia comprar uma nova barraca para Samuel trabalhar. Como Thais queria estar mais próxima de Cintia, ele ia pagar um garoto para ajudar Samuel na barraca.

CAPÍTULO 12

A CORDA

Muito contente, Thais foi falar para Samuel que o pai dela tinha comprado uma barraca para eles trabalharem na feira, e que, em pouco tempo, eles poderiam alugar outra casa.

— Ademir, meu pai nos deu outra barraca — disse Thais. — Vamos poder alugar uma casa para nós, já vi uma perto daqui.

Samuel nada respondeu e continuou deitado, olhando para o teto, parecia que não tinha ouvido nada.

— Fui falar com o Ademir da barraca que o senhor comprou, mas ele nada respondeu — disse Thais. — Estou muito preocupada com ele.

— Se o Ademir não tiver interesse — disse o sr. Evaristo —, vou precisar arrumar quem cuide da barraca.

— Vai precisar no mínimo de duas pessoas para cuidar da barraca. Vai ficar muito caro — disse Thais —, na verdade vai dar prejuízo.

— Vou procurar um ou dois aposentados para cuidarem da barraca — disse o sr. Evaristo — Ademir logo ficará bem.

— É melhor vender a barraca — disse Thais.

— Parece que você está perdendo a esperança, minha filha — disse o sr. Evaristo — Ademir precisa de ajuda, se ele perceber você assim, sua recuperação ficará mais difícil.

— Vou tentar convencer Ademir a procurar a psicóloga — disse Thais.

— Seria tão bom que Ademir recuperasse a memória — disse o sr. Evaristo. — Não quero vender a barraca, pois acredito que trabalhar na feira vai fazê-lo sentir-se melhor, afinal tem muita gente para conversar.

— Vou levar Ademir para a psicóloga. Tenho esperança de que ela consiga motivá-lo a voltar a trabalhar — disse Thais. — Ele era tão feliz quando ia à feira.

— Depois de pagar a prestação, o garoto e o senhor aposentado que vou contratar, o que sobrar vou dar para você e Ademir — prometeu o sr. Evaristo.

— O difícil é convencer Ademir a ir à psicóloga — disse Thais. — Não sei por que ele desistiu de ir na semana passada.

Thais tinha pouco leite e logo precisou dar mamadeira para Cintia. No dia seguinte, após conversar com o pai, quando foi ao quarto pegar o leite da filha, ela viu uma corda na prateleira atrás de uma lata de leite.

— Ademir, o que esta corda está fazendo aqui? — perguntou Thais. — Por que você quer esta corda?

— Vou usar quando comprar uma nova barraca — respondeu Samuel.

— Você não ouviu dizer que meu pai comprou uma barraca para você trabalhar? Vou deixar a Cintia com a minha mãe para ajudá-lo.

Samuel respondeu que comprou a corda antes do sr. Evaristo lhes dar a barraca.

Thais saiu do quarto animada, pois se Samuel comprou a corda estava pensando em comprar outra barraca. Se ele estava querendo comprar outra barraca, era provável que aceitasse trabalhar na feira.

— Quando vamos começar a trabalhar? — perguntou Thais.

— Na semana que vem — respondeu Samuel.

CAPÍTULO 13

O INVESTIDOR

O sr. Evaristo foi comprar pão e quando estava saindo viu estacionado em frente da sua casa um carro luxuoso. O homem que estava dentro carro chamou por ele.

— Preciso de uma informação — solicitou o estranho. — Conhece o homem que mora nesta casa?

O sr. Evaristo reconheceu de imediato o homem que desceu do carro com os braços abertos que ia em sua direção.

— Não acredito — disse o sr. Evaristo —, é você, Tadeu? Por onde você andou? Sempre acreditei que um dia ia revê-lo.

— Não me convida para entrar? — brincou Tadeu — Temos muito o que conversar.

O sr. Evaristo não conteve as lágrimas e, por um momento, teve a sensação de que ia cair, precisou ser amparado por Tadeu.

Quando entraram na casa, Tadeu encontrou Thais, que estava dando a mamadeira para a pequena.

— Não acredito que você voltou — disse Thais.

— Sou eu mesmo — respondeu Tadeu. — Quando viajei, você era uma criança e, hoje, você já é mãe. Não percebi que tinha passado tanto tempo.

— Onde você mora deve ser muito bom, porque não percebeu o tempo passar. Não lembrou que tem uma família — disse Thiago.

— Apesar de ter passado tanto tempo, você não mudou nada, Thiago — disse Tadeu. — Venha me dar um abraço.

Tadeu perguntou para Thais se ela havia se casado. Ela respondeu que sim e que o marido estava muito doente, não tinha ânimo nem para se levantar da cama. Em poucas palavras, explicou o momento difícil que estavam passando. Samuel sofreu um acidente, e nosso pai o encontrou numa ribanceira de uma rodovia. No acidente, ele perdeu a memória, não lembra o nome da família nem de onde veio.

Como não tem documentos, nem emprego ele consegue. Outro dia ele achou uma vaga para professor de inglês, mas não pôde trabalhar por falta de documentos.

— Se ele perdeu a memória, como é possível saber inglês? — perguntou Tadeu. — Penso que, quando a pessoa perde a memória, não se lembra de nada.

— Outro dia estava tocando uma música dos Beatles e ele a traduziu — respondeu Thais.

— Já procuraram por um médico? — perguntou Tadeu.

— Não — respondeu a Thais. — Quando ele ia a uma consulta com uma psicóloga, encontrou a escola de inglês e não foi mais procurar por tratamento.

Thais levou Tadeu até o pequeno quarto nos fundos da casa e chamou Samuel para apresentar ao irmão mais velho.

— Eu dei um pouco de sorte e consegui montar uma empresa — disse Tadeu. — Tenho muitos empregados e garanto que vou arrumar uma colocação para o seu marido.

— Tadeu, no momento o Ademir precisa mais de um médico — respondeu Thais.

— Vou arrumar os melhores médicos para ajudar o Ademir — disse Tadeu. — Vou tomar todas as providências assim que retornar da Bahia, onde vou fechar o maior negócio da minha vida. Vou encaminhar o Ademir para um hospital de referência para o caso dele. Se for preciso, ele vai para os Estados Unidos.

— Obrigada, meu irmão! — disse Thais — Você se casou?

O BANQUEIRO

Na época em que a esposa morreu, o sr. Felisberto trabalhava como segurança do consulado da Inglaterra. Um ano após a morte da sua esposa, ele casou-se com a sra. Gertrudes, que tinha dois filhos, que passaram a ser seus próprios filhos. Helena era a filha do primeiro casamento dele.

Helena tinha uma grande mágoa do pai, pois não esquece uma cena que quase todos os dias volta à sua memória. Quando era criança, não lembra quantos anos tinha, ouviu uma discussão entre sua mãe e seu pai. No meio da discussão, ouviu um gemido da mãe, ela correu para o quarto dos pais e viu seu pai com o braço levantado para a sua mãe. Apavorada, voltou para seu quarto sem que os pais percebessem. Pouco antes de completar sete anos, quando seus pais estavam voltando da missa, o pneu do carro estourou e o carro capotou. Sua mãe foi arremessada para fora do carro, chegou a ser levada para um hospital, porém não resistiu aos ferimentos e faleceu. Antes de completar seis meses da morte da mãe, seu pai se casou com uma mulher que tinha dois filhos maiores que ela. Não gostou nada da mulher do pai, não aceitava que o pai tivesse colocado aquela mulher no lugar da sua mãe. Seu pai percebia que sua esposa não dava atenção à enteada.

— Você precisa dar um pouco de atenção para a Helena — disse o sr. Felisberto —, ela sente muita falta da mãe.

— Eu a trato como se fosse minha filha — disse a sra. Gertrudes. — Ela é que não gosta daqui, porque prefere ficar na casa do seu patrão, sua filha gosta de luxo.

O sr. Anthony era funcionário do consulado da Inglaterra em São Paulo. Ele e a esposa não tinham filhos.

Em uma ocasião, a sra. Gertrudes viajou com os filhos para visitar os pais dela, que moravam no interior.

Como precisava buscar Helena na escola, o sr. Felisberto pediu ao sr. Anthony para sair mais cedo, pois a esposa precisou viajar para visitar o pai que estava doente.

A sra. Jennifer, esposa do sr. Anthony, ouviu a conversa do marido com o sr. Felisberto.

— Sr. Felisberto, pode trazer a menina para cá enquanto a mãe dela estiver viajando — disse a sra. Jennifer.

— A mãe da menina morreu há oito meses em um acidente de carro — disse o sr. Felisberto. — Obrigado, vou aceitar o convite da senhora.

No dia seguinte, Felisberto levou a pequena Helena para a casa dos patrões. De imediato, Helena gostou da sra. Jennifer, que a achava muito diferente da madrasta.

A sra. Jennifer perguntou quando a esposa do sr. Felisberto voltaria. Ele respondeu que em um mês.

— Sr. Felisberto, temos muitos quartos na casa — disse a sra. Jennifer. — Vocês podem ficar aqui enquanto sua esposa estiver viajando, eu cuidarei da Helena. Ela é uma menina encantadora.

— Não sei como agradecer, senhora — disse Felisberto.

Quando a sra. Gertrudes voltou da visita aos pais, Helena não queria mais voltar para casa, foi uma luta convencê-la, ela chorava abraçada com a sra. Jennifer, pedindo que ela convencesse o pai a continuar na casa.

— Eu não gosto da mulher que meu pai arrumou, os filhos dela batem em mim — disse Helena.

— Você precisa morar com seu pai — respondeu a sra. Jennifer. — Mas você pode vir aqui no dia que quiser.

O casal inglês propôs ao sr. Felisberto pagar os estudos da pequena Helena. Com lágrimas nos olhos, ele agradeceu e estava muito feliz pela oportunidade de a filha estudar em boas escolas, coisa que ele não poderia pagar.

Pouco depois de Helena completar 18 anos, o sr. Anthony foi chamado de volta para a Inglaterra. Ficaram muito tristes em deixar Helena, que eles consideravam uma filha deles.

Quando a sra. Jennifer falou para Helena que estavam voltando para a Inglaterra, os olhos dela encheram-se de lágrimas. Helena disse que desejava ir com eles.

— Você poderá ir depois para estudar em Londres — disse a sra. Jennifer. — Você vai precisar de passaporte. Nós precisamos ir em um mês.

Após o casal inglês retornar para a Inglaterra na companhia de Helena, Felisberto não estava conseguindo arrumar emprego, até ser convidado por um amigo para recolher apostas nas bancas do jogo do bicho. Logo conquistou a confiança do banqueiro. Tornou-se seu braço direito, era como se fosse um membro da família.

O banqueiro do bicho morreu em um acidente de carro e, como não tinha filhos, Felisberto assumiu o comando do jogo do bicho. Tinha muita influência e era temido por muitos.

O sonho dele era que sua filha voltasse para o Brasil, pois agora ele poderia dar tudo de que ela precisasse, portanto não haveria necessidade de ela continuar a morar na Inglaterra. Em contrapartida, ele sentia um pouco de tristeza pela filha deixar o casal inglês que tanto os ajudou. Sabia que o casal considerava Helena filha deles.

Ele tinha receio que a filha não aprovasse seus negócios, mas estava disposto a correr esse risco. Ela vinha passar as férias no Brasil no próximo mês. Ele precisava convencê-la a ficar aqui.

INVESTIMENTO DE RISCO

O convite que Tadeu recebeu era para recolher as apostas em bancas do jogo do bicho. Como era muito dedicado, logo conquistou a confiança do sr. Felisberto.

O sr. Felisberto tinha tanta confiança em Tadeu que confessou a tristeza que sentia por sua filha morar na Inglaterra.

— Eu sei que minha filha está feliz na Inglaterra, a família com quem ela vive é muita boa, eles foram meus patrões quando moravam aqui — disse o sr. Felisberto.

— Eu sei como é isso — disse Tadeu. — Há muitos anos não vejo minha família, prometi que voltaria para casa somente quando estiver com condições de dar uma vida melhor para a minha mãe.

— Você agiu muito errado em ficar tanto tempo longe de sua família — disse o sr. Felisberto. — Eu daria todo o dinheiro que tenho só para viver ao lado de minha filha.

Depois de alguns anos em Londres, Helena veio passar as férias no Brasil, disse que se fosse morar aqui não se acostumaria mais, pois gostava muito de Londres.

Para comemorar a chegada da filha no Brasil, o sr. Felisberto resolveu dar uma festa. Tadeu ficou muito interessado em conhecer a filha do chefe.

— Quando o sr. Felisberto falou de você, pensei que fosse exagero de pai — disse o Tadeu —, acho que ele foi muito modesto.

— Meu pai elogiou muito você, falou que te considera um filho — disse Helena. — Fiquei até com ciúmes da forma como ele falou de você.

O sr. Felisberto percebeu que sua filha ficou muito interessada em Tadeu. Precisava encontrar uma forma de aproximá-los mais. Tinha esperança de que a filha ficasse no Brasil, e, se ela se casasse com Tadeu, talvez esquecesse a Inglaterra.

— Eu estava pensando em voltar para Londres, mas como a sra. Jennifer e o sr. Anthony virão para o carnaval, vou esperar por eles — disse Helena.

O sr. Felisberto depositava todas as esperanças em Tadeu, precisava encontrar uma maneira para motivar ainda mais ele a se casar com sua filha.

— Tadeu, você é o meu braço direito — disse o sr. Felisberto —, quero que você seja meu sucessor, pois não quero que os malandros dos meus enteados assumam os negócios.

— Agradeço sua confiança! — disse Tadeu. — Meu interesse pela Helena não tem nada a ver com a sua fortuna.

— Você não me engana, sei que você quer ser meu sucessor — disse o sr. Felisberto —, mas não pretendo morrer tão cedo. Vou propor um negócio a você.

— Que tipo de negócio? — perguntou Tadeu.

— Se você se casar com Helena e ela ficar aqui, dou a metade dos meus negócios para você, porém, se você falhar, sairá daqui do mesmo jeito que chegou — disse o sr. Felisberto.

— É claro que se ela casar comigo vai morar aqui — disse Tadeu. — Eu pretendo procurar pela minha família.

— Você fala isso porque não conhece Helena — disse o sr. Felisberto. — Ela é muito ligada ao casal inglês e não voltaria a morar no Brasil por minha causa. Espero que você consiga fazer ela ficar aqui.

Helena estava muito interessada em Tadeu, não sabia se era paixão. Achava que esse sentimento era passageiro e, assim que retornasse a Londres, esqueceria Tadeu. Se Tadeu concordasse em morar na Inglaterra, ela não teria dúvidas em se casar com ele.

O sr. Felisberto deu uma grande festa no casamento da filha. O casal inglês foi padrinho de casamento de Helena.

— Tadeu, achei os convidados do meu pai muito esquisitos — disse Helena —, parece que não têm nenhuma classe. Quais são os negócios do meu pai?

— Hoje é o dia do nosso casamento — disse Tadeu —, não devemos nos preocupar com negócios.

— Está bem, mas depois você vai precisar me explicar tudo — cobrou Helena. — Ele nunca falou para mim quais são os negócios dele.

Helena e Tadeu foram passar a lua de mel em Londres, ela dizia que era para ele conhecer a cidade e garantir que ele goste muito de lá. Ele disse que preferia Paris. Cobrou que Tadeu falasse quais eram os negócios do pai dela.

— Você me prometeu falar quais são os negócios do meu pai e, por consequência, os seus — disse Helena. —

Você acha justo a esposa não saber quais os negócios do marido?

— É um negócio como outro qualquer — disse Tadeu. — Seu pai é um banqueiro do jogo do bicho, ele dá emprego para muitas famílias.

Helena reprovava totalmente os negócios da família. Não estava disposta a viver uma vida de constantes sobressaltos, sem um dia de paz.

Dois meses depois, Helena engravidou, o que deixou Tadeu duplamente feliz, pois seria pai e poderia permanecer mais tempo no Brasil. Ele tinha se arrependido da promessa que fizera para a esposa.

Quando completou dois anos do casamento, como Tadeu não cumpriu o que havia prometido, que deixaria o jogo do bicho, Helena voltou para a Inglaterra.

— Você prometeu deixar o jogo do bicho, mas não cumpriu a promessa — disse Helena. — Não quero que nossa filha viva em um lugar tão inseguro.

— Eu não sei fazer outra coisa — respondeu Tadeu. — Não quero ser sustentado por uma mulher.

— O sr. Anthony vai arrumar um trabalho para você — disse Helena. — Eles me consideram uma filha.

— Se você tem coragem de deixar o seu pai, eu não tenho coragem de deixar minha família, depois de tanto tempo afastado dela — disse Tadeu.

Helena disse que não haveria nenhum problema de ela morar em Londres e o marido no Brasil, pois ela poderia vir para o Brasil duas vezes ao ano e que ele e o pai dela poderiam ir para a Inglaterra quando desejassem.

Tadeu não estava satisfeito com essa situação, preferia pedir o divórcio, porém ele, assim como o sr. Felisberto, ainda tinha esperança de Helena retornar para o Brasil. Desistiu da ideia da separação, pois temia que o sr. Felisberto o dispensasse.

Lembrou-se da ocasião em que o pai disse que era comum na Bahia os homens se casarem e viajarem para São Paulo, deixando as esposas lá. Todos os meses mandavam dinheiro para elas e os filhos. Em muitas ocasiões, o dinheiro que mandavam não era suficiente, obrigando as esposas a trabalharem na roça. Nas férias, eles iam para lá e depois retornavam. Em muitas ocasiões, deixavam as esposas grávidas.

CAPÍTULO 14

INDENIZAÇÃO

Cinco anos depois do desaparecimento de Samuel, o sr. Dagoberto resolveu doar parte de suas ações para ele, era como se fosse uma indenização, pois durante o tempo em que Samuel estava desaparecido, Euclides esbanjou a fortuna da família, comprando os carros mais caros e viajando para os Estados Unidos e para a Europa.

Euclides em alguns momentos ficava com muito remorso pelo sofrimento dos pais, principalmente por não ter revelado que sabia onde Samuel estava. Ficava incomodado com seu egoísmo, já com relação a Samuel, ele não sentia tanto remorso, pois sabia que ele estava vivendo com uma família muito boa, deveria ter namorada ou esposa. Se a família tivesse qualquer dificuldade, ele estaria atento para ajudá-la por meio do avô deles.

O sr. Dagoberto ficou muito triste ao constatar que sua família se resumia a cinco pessoas: ele, Izabel, Euclides, um filho desaparecido e um irmão que não conhecia, de quem nem sabia o nome. Sentia muito remorso por não ter atendido ao último desejo do pai. Achava que tinha cometido um pecado que Deus não perdoaria.

No domingo seguinte, foi à igreja e confessou-se antes da missa. Disse ao padre do grande remorso que sentia por não ter procurado pelo irmão, não atendendo ao último desejo do pai. Temia que Deus não o perdoasse.

Ao final da confissão, o padre deu a penitência dele e recomendou que não economizasse esforços para encontrar o irmão.

CAPÍTULO 15

ARREPENDIMENTO

No dia seguinte, o sr. Dagoberto contratou um detetive para localizar o irmão. Gabriel era um jovem detetive, muito perspicaz, que tinha uma missão muito difícil: localizar uma pessoa de quem nem sabia o nome.

— Sr. Dagoberto, preciso que faça um resumo da história de suas empresas, desde a inauguração da primeira loja.

— Meu pai foi para a pequena cidade onde foi instalada a primeira filial da rede, porém antes de inaugurar ele precisou retornar para Salvador — disse o sr. Dagoberto.

— Quantos anos tem seu irmão? — perguntou Gabriel.

— Ele deve ser dois ou três anos mais velho que eu — respondeu o sr. Dagoberto.

Contou a história das empresas e forneceu o endereço de todas as lojas. Disse que não queria que o irmão desconfiasse que estava sendo procurado, pois ele pretendia dizer pessoalmente que era seu irmão. Sentia que o desaparecimento do filho era um castigo de Deus por ele não ter atendido ao último pedido do pai, que estava à beira da morte. Não sabia o que mais desejava, encontrar o filho ou o irmão. Sentia-se culpado por não ter procurado pelo irmão, enquanto o filho saiu de casa por vontade própria, por discordar da forma do pai pensar. Achava que, com o tempo, ele voltaria para casa.

Gabriel, depois de estudar a história da formação do grupo, decidiu começar sua investigação pelas filiais. Solicitou que o sr. Dagoberto arrumasse uma colocação para ele em uma das filiais no interior da Bahia para não levantar suspeitas, no intuito de descobrir alguma pista do irmão dele. O sr. Dagoberto disse para Gabriel ocupar um dos imóveis que a empresa possuía na cidade, durante o tempo que fosse necessário para descobrir alguma pista do irmão. Orientou que não voltasse sem descobrir o paradeiro desse irmão.

CAPÍTULO 16

A ORIGEM

Uma semana depois, Gabriel viajou para o interior da Bahia, foi à primeira filial da rede e apresentou-se ao gerente do supermercado, disse que por causa de problemas de saúde em decorrência de estresse seu médico recomendou que ele fosse morar em uma cidade tranquila. Como seu pai trabalhou muitos anos com o sr. Dagoberto, pediu para ele arrumar um emprego para o para o filho em uma cidade tranquila.

Gabriel precisava conhecer a história da empresa para iniciar sua investigação. Perguntou como foi o início da empresa na cidade. Muito orgulhoso de conhecer a história da empresa, o gerente contou de forma detalhada. Disse que o patrão deu uma atenção muito especial para a primeira filial no interior. Mandou seu próprio filho para localizar o imóvel ou construir, se necessário, o que levaria mais tempo para instalar a filial.

— O rapaz alugou uma casa, arrumou uma senhora para cuidar da casa e repentinamente retornou para Salvador — disse o gerente.

— Sei que o rapaz encontrou um imóvel apropriado — disse Gabriel —, talvez tenha sido esse o motivo dele ter retornado para Salvador.

— Acho que o motivo foi outro — respondeu o gerente —, diziam que o rapaz tinha casamento marcado com uma moça de Salvador.

— Mas isso seria motivo suficiente para deixar um empreendimento tão importante? — perguntou Gabriel. — Instalar a primeira filial do supermercado?

— Diziam que o rapaz estava namorando uma moça, filha da senhora que cuidava da casa dele — respondeu o gerente —, talvez a noiva dele tenha ficado sabendo.

— Provavelmente tenha sido esse o motivo de ele ter voltado para Salvador — disse Gabriel. — A moça era bonita?

— Era uma das moças mais bonitas da cidade — respondeu o gerente.

— Ela ainda mora na cidade? — perguntou Gabriel.

— Infelizmente ela já faleceu — respondeu o gerente. — Se desejar saber mais detalhes sobre a moça, procure pela sra. Tereza, que foi sua melhor amiga.

Para não levantar suspeitas, Gabriel foi somente três dias depois procurar pela sra. Tereza. Estava com muita sorte, pois a casa que ele ocupava era vizinha da casa dela.

Gabriel desejava encontrar a sra. Tereza como se fosse por acaso, não demorou para encontrá-la, pois, quando passava em frente da casa dela, ela estava na varanda.

— Boa tarde, senhora! Sou seu vizinho. Cheguei hoje e estou procurando uma pessoa para cuidar da minha casa — disse Gabriel —, conhece alguém?

Imediatamente lágrimas começaram a rolar pelo rosto da senhora, a ponto de ele precisar entrar na casa dela para pegar um copo com água para tentar acalmá-la. Pouco depois a senhora se recuperou.

— Estou melhor. O senhor me lembrou de um rapaz que era filho do dono do supermercado — disse a sra. Tereza. — Ele, como o senhor, estava procurando por uma pessoa para cozinhar, lavar e passar. Na época, eu e minha amiga Gabriela éramos muito jovens, coitada da minha amiga.

— Coitada, por quê? — perguntou Gabriel.

Imediatamente a sra. Tereza começou a contar a história de amor entre sua amiga e o rapaz, que terminou de forma inesperada.

— Qual o motivo de ter terminado de forma inesperada? — perguntou Gabriel.

— Somente eu sabia do namoro da minha amiga com o rapaz, porque ela mantinha segredo, pois era noiva de um rapaz que morava em São Paulo — respondeu a sra. Tereza. — Eles iam se casar em um mês.

Gabriela casou e, dois meses depois, já estava grávida. Antes de a criança nascer, o marido retornou para São Paulo, pois não conseguia arrumar emprego na cidade. No sétimo mês de gravidez, ela ganhou um menino. A parteira disse que a gravidez era de nove meses e não de sete. Tereza pediu para a parteira não revelar para ninguém esse fato, nem mesmo para a mãe da criança.

O menino cresceu e foi trabalhar no supermercado, era um funcionário muito trabalhador. Dedicava muito amor à mãe, não conheceu o pai, que foi para São Paulo e nunca voltou.

Pouco depois Gabriela ficou muito doente e foi internada na Santa Casa, sofreu um AVC que deixou muitas sequelas. Pouco depois de ter alta, sofreu outro AVC e não resistiu. No dia anterior à morte dela, ela fez uma revelação para a amiga Tereza, da qual, ela já desconfiava: disse que o pai do menino era Agenor e não o marido desaparecido antes do nascimento da criança.

Triste com a morte da mãe, o rapaz foi trabalhar em São Paulo e prometeu que mandaria seu endereço para a madrinha, o que efetivamente aconteceu.

— Ele se comunica com regularidade com a senhora? — perguntou Gabriel.

— Escrevi uma carta para ele, mas não tive resposta — respondeu a sra. Tereza. — Tem muitos anos que não sei nada dele.

— Como eu moro em São Paulo, posso tentar saber o que aconteceu com ele — disse Gabriel. — Posso tentar encontrar ele no endereço enviado para a senhora.

— Vou dar o endereço para você — disse a Sra. Tereza. — Vou ficar muito feliz se conseguir dar notícias dele.

Com o endereço fornecido pela sra. Tereza, Gabriel foi à procura do irmão do sr. Dagoberto, porém no endereço que ele tinha existia uma pensão, fechada há muito tempo. Por sorte, conseguiu o endereço do antigo proprietário da pensão, o sr. Bartolomeu. A casa dele ficava nas proximidades.

Chegando à casa do sr. Bartolomeu, Gabriel conseguiu o endereço do irmão do sr. Dagoberto. Disse que o jovem era uma ótima pessoa, ficaram amigos e ia com certa regularidade na casa dele. Ele casou e teve três filhos, dois rapazes e uma moça. Para confirmar a informação do sr. Bartolomeu, Gabriel foi ao endereço do irmão do sr. Dagoberto, ficou observando a casa durante uma semana e conheceu toda a rotina da família. No primeiro dia, chegou por volta das seis horas da manhã e não conseguiu ver ninguém sair ou entrar na casa. Achava que eles não moravam mais naquele endereço. Estava pensando em ir embora quando viu uma kombi parar em frente à casa e descerem quatro pessoas, dois homens e duas mulheres.

Gabriel ligou para o sr. Dagoberto e disse que tinha boas novidades, a viagem foi um grande sucesso.

— Pegue o primeiro avião e venha para cá — disse o Sr. Dagoberto. — Não quero que vá à empresa. Depois eu darei o endereço para nos encontrarmos.

Gabriel chegou a Salvador no dia seguinte e imediatamente dirigiu-se ao lugar combinado com o sr. Dagoberto. Entregou uma pasta com o endereço e as fotos do sr. Evaristo e dos filhos dele.

CAPÍTULO 17

O SÓCIO

Em 1999, o sr. Dagoberto começou a sentir, com certa frequência, fortes dores de cabeça, tonturas e tremores. Ele estava muito preocupado com o futuro de suas empresas, principalmente porque Euclides ultimamente andava muito esquisito, pouco se interessava pelos negócios. Sentia que o filho há mais ou menos um ano passou a ser uma pessoa melancólica. Não saberia qual seria o futuro de suas empresas após a sua morte.

— Já que você diz que o Euclides não está mais interessado pelas empresas e que só se interessa por viagens — disse a Izabel —, com o que eu concordo, pois ele precisa desfrutar de sua juventude, não quero que ele faça o mesmo que você fez.

— O que você esperava que eu fizesse? — perguntou o sr. Dagoberto. — Afinal eu tinha que conservar o que meu avô conseguiu com muito esforço.

— Acho que o ideal é você vender a maior parte das empresas e ceder o controle delas para outro — disse Izabel. — Os dividendos são mais que suficientes para vivermos com tranquilidade.

— Você está certa em parte, porque não quero que Euclides não tenha nenhuma ocupação, vivendo apenas de dividendos — disse o sr. Dagoberto. — Este momento de entusiasmo por viagens deve ser passageiro, e ele logo voltará a ter interesse pelos negócios.

O sr. Dagoberto pensou muito na conversa que teve com a esposa e resolveu aceitar a sugestão dela, por mais difícil que fosse ceder a maior parte das ações. Teria de pensar em uma estratégia para que a maior parte das ações ficasse na família. Os novos sócios se responsabilizariam em administrar as empresas. Naquele momento, temia em deixar as empresas nas mãos do filho, pois elas poderiam ter o mesmo destino de algumas empresas que fecharam por causa da má gestão dos herdeiros.

Percebia que Euclides há muito tempo não demonstrava nenhum interesse pelos negócios, ele não se abria com ninguém. Suas únicas ocupações eram viajar, namorar atrizes e modelos e gastar muito dinheiro em cassinos.

A única alternativa que lhe restava era convocar uma assembleia geral para decidirem a venda de boa parte das ações. Estava apenas aguardando o retorno de Euclides da Europa para convocar a assembleia. Já tinha recebido uma boa oferta pelas ações. O interessado pela compra das ações estava planejando diversificar seus negócios.

Euclides retornou naquela semana, e o sr. Dagoberto convocou a assembleia geral que decidiu pela venda de grande parcela das ações.

— Já marcou a data da assembleia geral? — perguntou Euclides.

— Será mera formalidade — respondeu o sr. Dagoberto —, temos um interessado que vai chegar na próxima semana para formalizarmos a venda de boa parte das ações. Ele será o responsável pela administração das empresas.

— Ele tem experiência no ramo de supermercados? — perguntou Euclides.

— Eu não vou me afastar por completo — respondeu o sr. Dagoberto. — Espero que você tome juízo e volte a se interessar pelas empresas.

CAPÍTULO 18

O REPRESENTANTE

O sr. Felisberto tinha uma grande fortuna e designou Tadeu para que assumisse as negociações com uma grande rede de supermercados que estava vendendo parte importante de suas ações.

— Tadeu, apareceu uma excelente oportunidade para adquirir uma grande rede de supermercados — disse o sr. Felisberto. — Quero que você assuma as negociações e vá administrar a rede, pois quero ter o controle.

— Mas eu não entendo nada de administração — respondeu Tadeu. — Acho que as empresas vão falir em menos de um ano.

— Não vão falir, tenho certeza! — disse o Sr. Felisberto. — Garanto a você que o lucro vai dobrar, não se preocupe porque tenho certeza de que será um excelente administrador.

— Quando devo viajar para fechar os negócios? — perguntou Tadeu.

— Na próxima terça-feira — respondeu o sr. Felisberto. — Espero que você não falhe, esta será sua segunda e última oportunidade. Não costumo dar duas oportunidades.

— Quando foi que falhei? — perguntou Tadeu.

— Você esqueceu que me prometeu que conseguiria convencer Helena a ficar aqui permanentemente, no entanto, ela não ficou nem dois anos?

— Eu queria que ela ficasse aqui, tanto quanto o senhor — disse Tadeu. — Tenho esperança de que ela um dia volte em definitivo.

— Se você não tivesse falado para ela quais são os meus negócios, talvez ela estivesse aqui ainda — disse o sr. Felisberto. — Não confio em homem apaixonado, fica fraco, torna-se refém da mulher.

— Como o senhor vai mudar de negócio, após assumir o controle de uma rede de supermercados, acredito que ela voltará — disse Tadeu.

— Você será recebido pelo filho do grupo empresarial, o nome dele é Euclides — disse o sr. Felisberto.

Quando Tadeu chegou ao aeroporto Deputado Luís Eduardo Magalhães, foi recebido por Euclides, que o levou até a sede das empresas.

Euclides encaminhou Tadeu até a sala do pai. No centro da sala havia um retrato de uma senhora ladeada por dois jovens, de imediato, Tadeu identificou o sr. Euclides e teve uma grande surpresa, que procurou disfarçar ao reconhecer o outro jovem.

— Boa tarde, sr. Dagoberto! — cumprimentou Tadeu. — Bonita a sua família!

O sr. Dagoberto demorou em se recompor do comentário de Tadeu e fingiu não ter ouvido nada.

— O senhor tem experiência no ramo de supermercados? — perguntou o sr. Dagoberto. — Uma das condições para que eu venda parte das ações é que o novo sócio tenha muita experiência.

— Estou começando neste ramo — respondeu Tadeu —, contratei dois assessores muito competentes, com larga experiência na área.

O sr. Dagoberto, ao ver Tadeu, ficou muito surpreso com a semelhança dele com um dos filhos de seu irmão, procurou disfarçar sua surpresa.

— Sr. Tadeu, como vai participar das empresas, tomar decisões que vão influir no bom desempenho delas, preciso saber sobre sua família, se é casado, se tem pais e irmãos — disse o sr. Dagoberto.

— Eu sou divorciado, meus pais estão vivos e tenho um irmão e uma irmã. Meus pais são nordestinos, meu pai da Bahia e minha mãe do Pernambuco.

— O senhor também poderia falar de sua família — perguntou Tadeu.

— Basta que o senhor tome conhecimento da história das empresas — respondeu o sr. Dagoberto.

— Desculpe-me! — disse Tadeu.

CAPÍTULO 19

REMORSO

Euclides ficou muito pensativo ao ver o pai ter de se afastar da direção das empresas às quais ele se dedicou tanto. Desde que Samuel sumiu, o pai deixou de ser aquela pessoa com muito ânimo para gerir as empresas.

Se Euclides dissesse para o pai que ficou sabendo do paradeiro de Samuel dois meses depois do desaparecimento do irmão, talvez fosse pior para ele saber que o filho predileto omitiu que o irmão estava vivo. Não sabia se estava sendo covarde, egoísta ou apenas querendo preservar os pais.

Lamentou o dia em que aquela multa foi trazida às suas mãos. Desde então não teve nenhum momento de paz, sem saber se falava para os pais sobre a possibilidade de o irmão estar vivo. Não sabia o que o fez agir daquela forma

Não sabia quem sofreu mais com o desaparecimento do irmão, ele ou o pai. Sentia-se muito mal, não tinha ânimo para mais nada. Achava que ele foi mais afetado que o pai.

O alívio das viagens e dos namoros com atrizes e modelos foi muito efêmero. Sua dor voltou mais forte.

Sentia inveja do irmão, que, mesmo levando uma vida com dificuldades financeiras, provavelmente estava melhor que ele.

— Euclides, você parece estar tão distante — queixou-se o sr. Dagoberto. — Em um momento importante para o futuro das empresas, você fica tão distraído. Já se deu conta que estamos transferindo a direção das empresas para uma pessoa que pouco conhecemos?

— Estou prestando atenção, pai! — respondeu Euclides. — Estou apenas preocupado com o senhor. Depois de tantos anos, precisar deixar a direção das empresas.

CAPÍTULO 20

AMBIÇÃO

— Sr. Tadeu, desculpe a distração do Euclides! — lamentou o sr. Dagoberto — Como estava dizendo, decidi vender parte de minhas ações nas empresas.

— Não tem problema — respondeu Tadeu —, pode continuar.

— Pretendo transferir 39% das ações da seguinte forma: vender 25%, recompensar com 2% quem informar precisamente sobre o paradeiro de um filho desaparecido e 12% para o próprio filho desaparecido — disse o sr. Dagoberto.

Tadeu somou e chegou à conclusão de que ele poderia ter acesso a 39% das ações. Com mais 7% das ações, ele poderia assumir o comando das empresas, pois teria mais de 50% das ações. Como Samuel estava casado com sua irmã e não demonstrava nenhuma condição para administrar as ações recebidas do pai, Tadeu poderia administrar as ações dele. Precisava descobrir uma forma de conseguir mais 7% das ações. A resposta veio de imediato ao ouvir a leitura da última cláusula que previa que 7% das ações seriam doadas a Samuel, como forma de indenização, desde que atendesse às condições estipuladas no contrato de doação que estava registrado no 2º Cartório de Títulos e Documentos de Salvador.

Tadeu naquele mesmo dia foi ao 2º Cartório de Títulos e Documentos de Salvador e solicitou cópias do contrato de doação. Ficou intrigado com a última cláusula, que previa que, na hipótese de Samuel cometer suicídio, a doação seria nula.

Não se incomodou com a exigência, pois quando saiu da casa do pai, Samuel estava bem, apesar das preocupações da irmã.

Tadeu estava muito ansioso para chegar à casa do pai, porém, como estava chovendo muito em Salvador, o voo dele foi cancelado. Ele não conseguia dormir direito havia muitas noites, tamanha era sua ansiedade em assumir o controle das empresas, pois desejava reconquistar Helena por estar fazendo um negócio digno, pelo qual ela poderia se orgulhar dele e do pai dela.

CAPÍTULO 21

A CLÁUSULA

Finalmente no dia seguinte, do aeroporto de Guarulhos ele foi direto para a casa de seu pai para conversar com o Samuel. Chegando lá, sua irmã disse que o marido estava no quarto e o acompanhou, mal entraram, Thais deu um grito de desespero. O marido estava com uma corda envolta no pescoço. Tadeu imediatamente empalideceu diante da cena. O controle das empresas que tanto almejou alcançar em breve estava seriamente ameaçado. Quando conseguiu controlar os nervos, percebeu que as pernas de Samuel estavam apoiadas sobre o chão, como ele era muito alto e o teto da casa era baixo, o impacto não poderia ser suficiente para o estrangulamento.

Imediatamente acionou a polícia, que isolou o local e tirou várias fotos do morto. Logo o corpo foi removido para o IML. Apuraram que a causa da morte foi asfixia por estrangulamento do pescoço.

Tadeu lembrou-se da última cláusula do contrato de doação em favor do cunhado. Era necessário reverter aquela situação. Era indispensável que a morte do cunhado não tivesse como causa suicídio. Apegou-se muito na posição das pernas que estavam dobradas sobre o chão. O teto do quarto era tão baixo que não era possível o corpo do cunhado, que era muito alto, ficar pendurado, o que poderia indicar que o impacto não seria suficiente para provocar o estrangulamento do pescoço.

Quando ouviu a filha gritando desesperada, dizendo que Ademir tinha se enforcado, o sr. Evaristo, que estava descendo as escadas da entrada da casa, sentiu sua vista escurecer e rolou nos últimos degraus, batendo a cabeça na mureta do registro de água. Ficou desacordado por algum tempo, foi levado para o hospital e internado por dois dias. Depois disso ele passou a sentir tonturas com frequência e algumas vezes desmaiou.

CAPÍTULO 22

DILEMA

Tadeu não acreditava que Samuel tivesse cometido suicídio. Se ele não cometeu suicídio, quem poderia ser o assassino? Seria Thiago? Resolveu investir nessa hipótese. Ficou muito preocupado com a reação do pai, principalmente depois de sua queda, precisando ser internado. Thais seria de fundamental importância para seu plano. Ele disse a Thais que suspeitava que Samuel tinha sido assassinado, e o responsável seria Thiago. Ela ficou incrédula.

CAPÍTULO 23

DENÚNCIA

Tadeu acreditava que conseguiria convencer Thais a denunciar Thiago como responsável pela morte de Samuel.

— Thais, estou muito desconfiado que Ademir não cometeu suicídio — disse Tadeu. — Tenho quase certeza de que Thiago o matou.

— O Thiago não gostava nem um pouco de Ademir — disse Thais —, parece que tinha ciúmes dele.

— Eu quero estar enganado — disse Tadeu —, não sei como nosso pai reagiria, ele ficou mais frágil depois do acidente que sofreu.

— Thiago vivia constantemente falando mal de Ademir para nosso pai — disse Thais. — Nosso pai ficava muito mal com isso.

Tadeu disse que talvez fosse um alívio para o pai saber que Ademir foi assassinado por Thiago, pois ele considerava o suicídio imperdoável.

Thais disse que antes iria conversar com o pai e falar da suspeita de Tadeu para sentir qual seria a reação dele.

Ela explicou para o pai, e ele de certa forma pareceu mais aliviado ao saber que Ademir não havia cometido suicídio, porém ficou muito triste por ter um filho assassino. Ele faria de tudo para ajudar o filho.

Thais concordou em denunciar Thiago, e Tadeu contratou um advogado criminalista para acompanhar Thais até a delegacia para denunciar Thiago. A polícia conseguiu um mandado de prisão temporária, e Thiago foi preso naquele mesmo dia. O sr. Evaristo contratou um advogado criminalista, que tentou revogar a prisão de Thiago, porém no primeiro momento não teve sucesso.

CAPÍTULO 24

INOCENTE

Euclides logo ficou sabendo da morte de Samuel. Intimamente desejava que Thiago fosse responsável pela morte do irmão. Ele não poderia mais esconder do pai o paradeiro do irmão. Não sabia se o pai suportaria saber que um filho cometera suicídio, pois na religião dele era um pecado sem perdão. Todavia se Samuel cometera suicídio, a doação do pai em favor de Samuel seria nula e voltaria para o pai.

Depois de muito pesar os prós e os contras, Euclides resolveu provar que o irmão cometera suicídio e, para isso, contratou um dos melhores advogados criminalistas para defender Thiago.

Quando chegou à delegacia, Euclides encontrou Tadeu acompanhado de Thais.

— Tadeu, o que você está fazendo aqui? — perguntou Euclides. — Percebi sua cara de surpresa ao ver a foto na sala do meu pai.

— Vocês se conhecem? — perguntou Thais.

— Sou o irmão de Samuel — respondeu o Euclides. — Não sabíamos o que tinha acontecido com ele.

Por ironia do destino, a família de Samuel ficou sabendo do paradeiro dele por ocasião de sua morte. As fotos de Samuel foram muito divulgadas pela imprensa. Euclides fez de tudo para o pai não saber a forma como o filho morreu.

Ele disse para Thais que Samuel há muito tempo tinha um comportamento muito estranho, não se interessava por nada, ficava o dia todo trancado no quarto e não queria falar com ninguém, não se interessava pelos negócios da família, apesar de o pai deles insistir muito para que assumisse os negócios da família a seu lado.

— Samuel constantemente discutia com nosso pai e, após uma dessas discussões, saiu de casa cantando os pneus do carro — disse Euclides. — Isso deixou nosso pai muito triste, pois ele se sentia responsável pelo desaparecimento de Samuel.

A doença do sr. Dagoberto se agravou muito depois disso. Resolveu vender parte da empresa, pois não sentia condições de continuar à frente dos negócios.

— Obrigado, sr. Euclides, por ter contratado um advogado para defender meu filho — disse o sr. Evaristo.

— Eu não poderia admitir que um inocente pagasse por um crime que não cometeu — disse Euclides.

O advogado contratado por Euclides conseguiu provar a inocência de Thiago. Com isso, a doação de 11% das ações foi considerada nula, e elas voltaram para o sr. Dagoberto.

Os pais de Samuel somente tomaram conhecimento de sua morte por causa da grande repercussão que teve o julgamento de Thiago. Ficaram muito abalados pelo filho ter tirado a própria vida. A sra. Izabel desmaiou e foi necessário levá-la para um hospital, onde ficou internada sem previsão de alta.

O sr. Dagoberto criticou muito Euclides por ele não ter falado nada para ele. Euclides disse que sabia que seria um grande choque para ele e a mãe saberem a forma como Samuel morreu.

Thais disse para Euclides que o irmão dele tinha perdido a memória e como ele não se lembrava do nome, passou a ser chamado de Ademir, em homenagem a um ídolo do pai.

CAPÍTULO 25

ENCONTRO

Muito abatidos, o sr. Dagoberto e Euclides foram à casa da família com a qual Samuel viveu seus últimos dias.

Euclides apertou a campainha, um senhor saiu para atendê-los. No mesmo momento, o sr. Dagoberto sentiu um mal-estar e teve de ser amparado por Euclides. Imediatamente o sr. Evaristo pediu para eles entrarem na casa. O sr. Dagoberto sentou-se no sofá, e Thais ofereceu a ele um copo de água, enquanto uma menina segurava na barra da saia da moça.

Depois de algum tempo, o sr. Dagoberto pediu a Euclides para irem embora, porque aquele foi um dia de muita emoção para ele. Despediu-se da família.

O sr. Dagoberto não resistiu às emoções da morte do filho e da visita à casa do irmão e morreu poucos dias depois. Morreu sem revelar para seu filho Euclides que o sr. Evaristo era irmão dele.

Quatro meses após a morte do sr. Dagoberto, o inventário foi instaurado. Ao final do inventário foi descoberto um contrato de doação em favor do sr. Evaristo correspondente a 25% do total das ações das empresas.

O sr. Evaristo ficou muito surpreso por uma pessoa que ele nunca tinha visto doar para ele ações tão valiosas.

Tadeu vislumbrou nesse fato a oportunidade de assumir o controle das empresas, pois seu pai e sua irmã nada entendiam de administração e não restavam a eles alternativa a não ser votarem nele na assembleia geral. Queria entender o motivo do sr. Dagoberto doar para o pai dele parte das ações de suas empresas. Esse seria um assunto para outro momento, pois o que importava era assumir o comando das empresas. Seguindo a orientação de Tadeu, o sr. Evaristo votou nele. Somadas as ações do pai, Tadeu tinha 27% das ações das empresas, portanto teria a maioria dos votos. Tadeu assumiu a direção das empresas.

Thais ficou muito magoada com Tadeu por ele tê-la incentivado a acusar Thiago pelo assassinato de Ademir. Ela já tinha muita admiração por Euclides, que contratou um advogado para defender Thiago. Depois que Euclides, na companhia do pai, foi visitá-los, a admiração dela aumentou muito.

Ela pediu para Euclides orientá-la na administração das ações da filha nas empresas, que correspondiam a 12%. Ele a orientou a contratar um assistente experiente para ajudá-la. Ele mesmo poderia indicar um de sua inteira confiança.

Quando chegou nas empresas, Tadeu foi avisado pela secretária que havia um senhor acompanhado de dois homens muito fortes na sala dele.

Ele até tinha esperança de continuar na presidência por mais algum tempo, estava gostando da ideia de ser presidente.

Assim que entrou na sua sala, foi agarrado pelos dois homens que passaram algumas folhas de papel em branco para ele assinar.

— Tadeu, você está precisando tirar férias — disse o homem mais velho. — Os meninos vão cobrir suas férias, que serão permanentes.

Tadeu ficou muito insatisfeito com o afastamento da presidência das empresas, precisava encontrar uma maneira de retornar ao cargo.

Durante suas férias, Tadeu resolveu apurar por que o sr. Dagoberto doou para o pai boa parte das ações das empresas.

Depois do retorno das férias, ele precisava articular um plano para tirar Thais da diretoria das empresas, enquanto Euclides não estivesse perto.

Para que Thais não desconfiasse da ausência dele, Tadeu disse que havia contratado uma pessoa de sua maior confiança para assumir o comando das empresas, pois ele precisava descobrir a razão de um estranho ter doado para o pai deles metade das ações de seu negócio.

O que ele não imaginava era que sua irmã Thais estava muito incomodada com a presença daqueles homens estranhos que Tadeu deixou na direção das empresas. Pretendia propor para o pai que retirasse de Tadeu a administração das ações dele e que desse para Euclides, assim poderia assumir o comando das empresas e eles não precisariam mais conviver com aqueles homens indesejáveis colocados na empresa por Tadeu, dando uma justificativa que em nada a convenceu.

CAPÍTULO 26

O PAI

Tadeu sentia que a chave para entender a razão do sr. Dagoberto ter doado 50% de suas ações das empresas seria descobrir quem foi o pai do sr. Evaristo.

Tadeu, conhecedor da história das empresas, sabia que a melhor pista para resolver o mistério estava na pequena cidade onde foi aberta a primeira loja no interior da Bahia e, para isso, contratou um detetive particular para descobrir o pai do sr. Evaristo.

Rafael, o detetive contratado por Tadeu, viajou para o interior da Bahia, tentou obter informações sobre o nascimento do sr. Evaristo, porém no primeiro momento não teve sucesso, pois tinha poucas pessoas vivas da época do nascimento do pai de seu cliente, a maioria era jovem.

Sem alternativas, Rafael foi até o cartório civil e solicitou cópia da certidão de nascimento do sr. Evaristo e constatou que não havia o nome do pai, apenas o nome da mãe e das testemunhas. Ele torceu para que pelo menos uma das testemunhas estivesse viva.

Perguntou ao escriturário do cartório se as testemunhas estavam vivas. Obteve a informação de que apenas uma delas estava viva.

— Bom dia, senhora! Estou procurando pelo pai do sr. Evaristo que nasceu aqui em 1947. Atualmente ele mora em São Paulo — disse Rafael. — O rapaz do cartório disse que a senhora sabe quem é o pai dele.

— O pai de Evaristo foi o filho do dono de um supermercado que estava querendo abrir uma filial aqui na cidade — disse a sra. Tereza. — Pouco antes da mãe dele morrer, ela me revelou o nome do pai dele.

— Ele procurou pelo filho? — perguntou Rafael.

— Logo que a mãe morreu, Evaristo foi para São Paulo — disse a sra. Tereza — você é o segundo ou o terceiro rapaz que me procura para saber notícias de Evaristo.

— Obrigado, senhora, pelas informações — disse Rafael.

Quando chegou a São Paulo, Rafael ligou para Tadeu e disse que havia descoberto mais do que ele imaginava.

— Quais são as novidades que você descobriu? — perguntou Tadeu.

— Além de descobrir o nome do pai do sr. Evaristo, também descobri que antes de mim mais duas pessoas procuraram pela senhora para perguntar sobre o pai dele — disse Rafael.

Tadeu, de posse das informações de Rafael, acreditava que o pai poderia ter uma participação maior nas empresas, pois se ele fosse confirmado irmão do sr. Dagoberto, ele poderia reivindicar uma indenização por nunca ter participado dos lucros das empresas que, por justiça, eram dele também desde a morte do sr. Agenor. Não disse nada para o pai sobre o que ele estava pretendendo fazer, disse apenas que provavelmente ele era irmão do Sr. Dagoberto e para isso era necessário fazer um exame de reconhecimento de paternidade.

O sr. Evaristo ficou muito surpreso ao saber que poderia ser filho do sr. Agenor e que ele tivesse morrido há tanto tempo, pois ele recebeu há pouco tempo um bom dinheiro enviado pelo sr. Agenor, o suficiente para pagar a dívida do banco.

Por orientação de Tadeu, o sr. Evaristo solicitou o reconhecimento de paternidade do sr. Agenor. O juiz determinou a exumação do corpo do sr. Agenor para coletar o material genético para fazer o exame de DNA. O resultado do exame confirmou que o sr. Evaristo era filho do sr. Agenor.

O sr. Evaristo estava muito feliz em saber que tinha um sobrinho. Ele sempre se sentiu sem raízes por achar que não tinha nenhum irmão ou nenhuma irmã. Ficou triste por ter conhecido o irmão por tão pouco tempo. Ficava pensando muito no motivo dele não o ter procurado antes.

Há quanto tempo o irmão tinha conhecimento de seu paradeiro? Algumas vezes perguntou para Euclides a razão do pai dele não ter procurado por ele antes. Euclides disse que não sabia que o pai tinha um irmão, achava que ele era filho único. Não desconfiou quando o pai deu ações para alguém que nem conhecia.

Euclides ficou decepcionado pelo pai não ter procurado pelo irmão somente para não dividir a herança com ele. Apesar de estar decepcionado com o pai, ele não era muito diferente, pois omitiu dos pais o paradeiro de Samuel. Sentia-se envergonhado ao ver o quanto seu tio era generoso, pois, mesmo passado tanto tempo, estava disposto a ajudar o filho que o prejudicou.

CAPÍTULO 27

O SOBRINHO

Com as ações recebidas do sr. Dagoberto, o sr. Evaristo tornou-se o sócio majoritário, decidiu ajudar Euclides a assumir um cargo importante nas empresas, pois era muito grato pelo que ele fez em favor de seu filho Thiago.

— Tio, o senhor é uma pessoa muito boa por ajudar o filho de alguém que tanto o prejudicou — disse Euclides. — Poucas pessoas fariam uma proposta dessa que está fazendo para mim. De qualquer forma eu agradeço, mas não posso aceitar, pois preciso estar presente quando minha mãe se recuperar, apesar de ter dois anos da morte de Samuel eu ainda acredito que ela vai se recuperar.

— Você não tem culpa pelo que seu pai fez. Eu fico mais triste por não ter convivido com meu irmão — disse o sr. Evaristo. — Fico muito triste que o dinheiro seja motivo para separar irmãos.

— Vou confessar uma coisa para o senhor — disse Euclides. — Eu agi como meu pai em relação ao senhor, eu não disse para ele e para minha mãe que Samuel estava vivo para não precisar dividir a herança, eu me sinto muito envergonhado.

— Você não é o único — disse o sr. Evaristo. —Tadeu agiu pior que você e seu pai, pois por dinheiro queria que o irmão apodrecesse em uma cadeia.

— O erro dos outros não justifica os nossos — disse Euclides.

— O erro de Tadeu foi muito mais grave, pois por dinheiro quis tirar a liberdade de um irmão — disse o sr. Evaristo. — Não sei se eu seria mais feliz se tivesse herdado a herança de meu pai quando ele morreu.

— Tenho certeza de que o senhor usaria melhor que o meu pai o dinheiro da herança — disse Euclides —, pois iria ajudar muitas pessoas.

— O que me deixa triste é o fato do meu pai não ter me procurado quando soube que eu era filho dele — disse o sr. Evaristo. — Minha mãe me fez pensar que meu pai havia me abandonado pouco antes de eu nascer.

— O senhor sempre soube disso? — perguntou Euclides.

— Fiquei sabendo quando o detetive contratado por Tadeu foi investigar a cidade onde nasci — respondeu o sr. Evaristo.

— Quando Thais e Thiago precisarem da minha ajuda, podem contar comigo — disse Euclides.

CAPÍTULO 28

TESTAMENTO

O sr. Evaristo sabia que seu filho Tadeu era muito ambicioso, temia que o desejo dele pelo poder fosse mais forte que os laços de família. Tadeu foi capaz de deixar seu irmão Tiago ser preso e acusado de assassinato.

Lembrou-se de um amigo da feira que tinha um filho advogado e, por isso, foi procurá-lo.

— O que aconteceu, Evaristo? Ganhou na loteria? Nunca mais apareceu por aqui — disse seu amigo Gustavo. — Todos nós estávamos preocupados com o seu desaparecimento.

— Estou precisando de um favor do seu filho, quero contratar um advogado e pensei nele — respondeu o sr. Evaristo.

De imediato, o sr. Gustavo forneceu o contato de seu filho. Disse a ele que fosse naquele dia, pois o filho estava com uma viagem marcada para o dia seguinte.

O filho do sr. Gustavo recebeu o sr. Evaristo e, após saber de seu caso, indicou um advogado especialista em inventário e herança, o dr. Eduardo, um advogado muito experiente, que aceitou a proposta do sr. Evaristo.

— Sr. Evaristo, estou com muito serviço — disse o dr. Eduardo. — Meu colega falou do que se trata. Preciso de maiores detalhes.

— Recebi como herança participação em um grupo de empresas. Meu filho mais velho comprou boa parte das ações do grupo. Transferi para ele o direito de minha participação nas empresas. Com isso, ele tem o controle das empresas — disse o sr. Evaristo.

— Continue, por favor — disse o dr. Eduardo.

— Além de Tadeu, tenho mais dois filhos, Thiago e Thais. Thiago não tem nenhuma participação nas empresas, desejo incluí-lo também na administração. A relação dele com Tadeu é péssima, tenho medo de que a família fique dividida — disse o sr. Evaristo.

— O senhor já tem ideia de como fazer isso? — perguntou o dr. Eduardo.

— Minha filha Thais é viúva de um dos herdeiros das empresas, ela tem uma filha com ele — disse o sr. Evaristo.

— Herança não se transfere entre os cônjuges, quem tem direito é a filha deles. Se ela for menor de idade, sua filha pode ser a representante dela — disse o dr. Eduardo.

— Com relação a seu filho Thiago, é possível o senhor doar para ele até 50% de suas ações preferenciais que não dão direito de voto nas assembleias, elas dão preferência na distribuição de lucros e dividendos das empresas aos acionistas.

— Não entendi, dr. Eduardo — disse o sr. Evaristo.

— Há três tipos de ações nas empresas que têm seu capital dividido em ações: as ações ordinárias, que dão direito a voto nas assembleias das empresas; as ações preferenciais, que dão direito a receber primeiro os lucros distribuídos aos acionistas — respondeu o dr. Eduardo. — Com relação ao terceiro tipo de ações, não é necessário explicar.

O sr. Evaristo temia que, após a sua morte, Tiago e a filha Thais ficassem desprotegidos.

O dr. Eduardo disse que o primeiro passo seria combinar com Thais a solicitação de uma assembleia geral para tirar Tadeu da presidência. O segundo passo seria o sr. Evaristo doar e fazer um testamento particular em favor de Tiago e de Thais.

Segundo o dr. Eduardo, o sr. Evaristo poderia doar até 50% de suas ações para Tiago e Thais. Com isso, Tadeu deixaria de ter tanto poder nas empresas. Seus outros filhos poderiam receber parte de ações ordinárias e parte de ações preferenciais.

Seguindo a orientação do dr. Eduardo, o sr. Evaristo distribuiu 50% de suas ações para Thiago e Thais da seguinte forma: 60% como doação e 40% em testamento particular, pois dessa forma Tadeu somente tomaria conhecimento das ações doadas, tendo em vista que as ações precisam ser registradas em cartório, enquanto o testamento particular ficaria na posse do advogado testamenteiro. Somente após a morte do sr. Evaristo, os filhos tomariam conhecimento do testamento.

Na assembleia geral, Tadeu teve menos votos. Das ações do sr. Evaristo, 50% foram doadas para Tiago e Thais. Tadeu perdeu o controle das empresas.

CAPÍTULO 29

A ELEITA

Na assembleia geral, Thais foi eleita para a presidência das empresas. Ela se sentiu muito insegura na responsabilidade que estava assumindo.

Entrou em contato com Euclides e explicou como se sentia insegura na presidência das empresas. Ele respondeu que poderia ajudá-la, tinha certeza de que ela aprenderia em pouco tempo como dirigir as empresas, porque a prática é o melhor mestre. O que ela precisava era de assessores competentes, e ele poderia indicar. A ela caberia tomar todas as decisões, e ele poderia esclarecer algumas dúvidas eventuais dela. Euclides não poderia se afastar da mãe por muito tempo, pois o estado de saúde dela precisava de muitos cuidados.

Na semana seguinte, ele retornou para as empresas e assessorou Thais na presidência do negócio.

— A primeira providência a ser tomada é retirar esses homens deixados por Tadeu — disse Euclides. — A procuração que Tadeu passou para eles perdeu a validade.

— Já estou tomando providências — respondeu Thais. — Hoje mesmo eles deixarão a empresa.

A secretária de Tadeu logo o informou da reunião ocorrida e das saídas dos procuradores que ele deixou no comando das empresas. Disse que Thais foi eleita presidente das empresas.

Imediatamente Tadeu ligou para Helena e, a seguir, para a empresa da qual ele com frequência alugava jatinhos. Dirigiu-se para o aeroporto, onde encontrou uma aeronave esperando por ele. Quando o jatinho estava decolando, ele viu a chegada de seus amigos. Por medida de segurança, resolveu pegar um voo comercial até Londres.

— Thais, como seu irmão saiu do país, não vejo necessidade de eu continuar aqui — disse Euclides. — Preciso cuidar da minha mãe.

— Fique por mais seis meses, pois tenho medo de que Tadeu reapareça e procure tirar vantagens da minha inexperiência — pediu Thais.

Depois de pensar algum tempo, Euclides concordou em ficar no cargo de assessor da presidência por seis meses. Era tempo mais que necessário para Thais conhecer o funcionamento das empresas.

Thais constatou que Euclides estava com razão ao dizer que a prática é a melhor escola, não há mestre como ela, portanto, como estava cursando o último ano de administração, não teria dificuldades em assumir as empresas.

— Euclides, estou com vontade de conhecer todas as empresas do grupo, conhecer os funcionários, como eles vivem — disse Thais.

— Excelente ideia! — exclamou Euclides. — Vou entrar em contato com as unidades para que possamos ir na próxima semana.

Como havia planejado, Thais e Euclides foram em todas as empresas do grupo. Em cada unidade em que chegavam, Thais solicitava aos diretores uma reunião com todos os colaboradores. Agradeceu a todos pela dedicação às empresas. Disse que pretendia ter contatos com todos em períodos curtos. Os colaboradores agradeceram e disseram que ela poderia contar com eles para o crescimento das empresas, iam trabalhar como se as empresas fossem deles.

Ao retornar à matriz, Euclides disse para Thais que ela tinha um dom natural para lidar com pessoas, pois tratava o funcionário do chão de fábrica da mesma forma que tratava os diretores. Os colaboradores estavam orgulhosos de pertencerem àquelas empresas.

Como o sr. Evaristo estava muito preocupado com mais um desaparecimento de Tadeu, solicitou que Thais encontrasse uma maneira de localizá-lo.

Thais contratou um detetive particular para localizar Tadeu, porém ela pouco sabia dele. Forneceu uma foto e disse que talvez ele residisse em Guarulhos.

— As informações não são suficientes para localizar seu irmão — disse Marcelo. — A cidade de Guarulhos é muito grande, nem sabemos se ele está no Brasil.

— Não sei mais como ajudá-lo — disse Thais. — O que me esqueci de dizer é que a esposa dele mora em Londres.

— De qualquer forma é uma pista. Vou verificar no aeroporto de Guarulhos os voos da semana com destino a Londres — disse Marcelo.

Marcelo foi até o aeroporto de Guarulhos e não apurou que Tadeu tenha embarcado naquela semana.

A única alternativa que restava era procurar por Tadeu na cidade de Guarulhos. Munido da foto e das poucas informações que tinha a respeito de Tadeu, Marcelo saiu a campo e logo no primeiro dia viu um *outdoor* já desbotado com uma foto de Tadeu, ele foi candidato a vereador em uma eleição ocorrida há mais de dez anos.

Pesquisou nos jornais da época a relação dos candidatos a vereador na qual constavam o nome de Tadeu e o partido. Ele não conseguiu se eleger naquele ano. Como as informações eram poucas, decidiu ir ao diretório do partido dele.

Chegando ao diretório do partido, perguntou se eles tinham notícias de Tadeu, que foi candidato a vereador nas eleições de 1988. A jovem que o recepcionou foi conversar com um senhor que, de imediato, foi atendê-lo. Disse para ele tomar muito cuidado em ficar mostrando aquela foto. Orientou a ele que se esquecesse de Tadeu, pois dificilmente alguém daria informações para ele.

Marcelo ficou muito intrigado com a recomendação do senhor do diretório, que não quis se identificar. Ficou imaginando como poderia obter informações.

Assim que saiu do diretório notou que estava sendo seguido. Ele havia deixado seu carro em um estacionamento próximo. Tirou do bolso o comprovante do estacionamento e rasgou a parte em que constava a placa do carro. Quando chegou ao estacionamento, o funcionário não era o mesmo que o havia atendido. Procurou por um carro que fosse da mesma marca do dele e que já estivesse no estacionamento quando ele chegou.

Apresentou o comprovante para o funcionário, que perguntou qual era o carro dele, pois não era possível ver a placa. Imediatamente ele apontou para um carro. Assim que saiu, viu os homens que o estavam seguindo e fingiu que não tinha percebido a presença deles. Para retornar a sua casa, pegou um caminho diferente, procurou por uma rua pouco movimentada com uma ladeira acentuada. Passou por um rapaz que estava trocando o pneu do carro. Reduziu a velocidade e saltou do carro, que continuou andando ladeira abaixo até cair em uma ribanceira. O carro dos dois homens passou logo a seguir. Imediatamente ele subiu a ladeira e viu o rapaz que continuava trocando o pneu. Aproximou-se do rapaz e por trás, colocou um lenço embebido de sedativo e pôs no nariz dele. Logo o rapaz desmaiou, tirou-o da beira da estrada e colocou-o onde não pudesse ser visto. Como a chave do carro estava no contato, foi mais fácil. Rapidamente foi até o estacionamento para pegar seu carro. Parou há 200 metros. Entrou em uma loja de roupas e comprou uma calça e uma camisa. Provou a roupa e disse que ia usá-la imediatamente, embrulhando a velha. Ao lado tinha um vendedor ambulante vendendo óculos. Comprou o maior que tinha e foi ao estacionamento onde, falando o português do norte de Portugal, disse para o funcionário, que não o reconheceu, que havia perdido o tíquete. O funcionário disse que ele precisaria pagar uma multa. Ele pagou o estacionamento e voltou para casa.

Em casa, Marcelo ficou muito pensativo. Valeria a pena continuar com aquela investigação? Ele conseguiria escapar em outras ocasiões? O dinheiro para descobrir o paradeiro era um valor considerável. Enquanto pensava em tudo isso, sua filha de cinco anos pediu a benção dele antes de ir dormir, pois no dia seguinte teria sua primeira aula de inglês.

Ele achava que não estaria arriscando apenas a vida dele, mas de toda a sua família. Sua esposa estava desempregada há muitos meses, pois a empresa em que ela trabalhava faliu e não tinha dinheiro para pagar os empregados.

Passou a noite em claro, procurando uma saída. Precisava dar uma resposta para Thais no dia seguinte.

Ao conversar com Thais, explicou a decisão que havia tomado e os riscos que havia naquela investigação. Thais compreendeu a indecisão dele, deixou-o à vontade para decidir e disse que respeitaria qualquer decisão.

Apesar dos riscos daquela investigação, ele deveria continuar, pois não teria mais condição de trabalhar naquela atividade que ele investiu muito. Foi pedir a opinião de colegas de profissão. Muitos deles levantaram a possibilidade remota de sucesso. Se desistisse da investigação, iria se sentir como um covarde.

Ele ficava pensando no que as palavras coragem e covardia significam. Ele estaria realmente sendo corajoso em continuar com aquela investigação apenas para não se sentir um covarde ou estaria sendo corajoso por engolir seu orgulho em benefício da família?

Provavelmente ele seria mais corajoso em renunciar uma carreira em troca da segurança da família.

Informou Thais sobre a decisão tomada, estava desistindo daquele trabalho e da profissão pela qual tanto lutou. Precisaria procurar outra coisa para fazer.

Thais comentou que a segurança das empresas era feita por empresas de segurança terceirizadas. Alguns seguranças dessas empresas estavam cometendo muitas arbitrariedades que prejudicavam a imagem das empresas. Era muito difícil recuperar a boa imagem de uma empresa. Ela desejava fazer uma experiência, ter uma segurança própria de uma das filiais formada por moradores da cidade. Perguntou se ele desejava ser o chefe da segurança, com total autonomia para contratar auxiliares. Se o resultado fosse positivo, ela poderia estender a ideia para a matriz e para as demais filiais.

Marcelo ficou entusiasmado com o convite, pois ele não sabia o que fazer depois de largar a profissão de detetive para outra mais tranquila.

— Obrigado pela oportunidade, sra. Thais — disse Marcelo. — Tenho certeza de que não irá se arrepender.

A iniciativa de Thais foi um grande sucesso. A rede de supermercados não teve mais reclamações relacionadas à segurança, todas as lojas tinham sua própria segurança. Essa iniciativa gerou muitos empregos nas cidades do interior, a segurança era formada por jovens da própria cidade que, após passarem por um treinamento muito exigente, eram contratados.

Em meio às comemorações do sucesso de seu projeto, Thais recebeu a notícia da morte do pai. O sr. Evaristo sofreu um AVC e não resistiu, falecendo no mesmo dia. O velório foi reservado para a família e os amigos. Não tiveram como informar Tadeu, pois não sabiam seu paradeiro.

Um mês depois da morte do sr. Evaristo, foi noticiado a morte de um banqueiro do jogo do bicho, morto a tiros quando saía de casa. A imprensa dizia que era disputa por território e que o genro era o principal suspeito de ser o mandante do crime.

No dia seguinte, Tadeu apareceu nas empresas reivindicando a convocação do conselho de administração para a eleição de uma nova diretoria. Acreditava que voltaria à presidência com muita tranquilidade, pois possuía o maior número de ações.

— Por onde você andou, Tadeu? — perguntou Thais — Nosso pai morreu faz um mês, e você não apareceu.

— Eu estava em Londres com minha família — respondeu Tadeu. — Não entendo por que vocês não me ligaram.

— Como poderíamos avisar? — disse Thais — Não temos seu telefone.

— Eu deixei meu telefone com nosso pai — respondeu Tadeu. — Aproveitando a ocasião, quero que você convoque o conselho de administração para eleger um novo presidente.

— Como eleger um novo presidente? — perguntou Thais — Eu fui eleita para o mandato de um ano e não tem nem seis meses da minha presidência.

— Com a morte do nosso pai, eu volto a ter a maioria das ações — disse Tadeu.

— Somente depois da conclusão do inventário é que você poderá assumir a presidência — respondeu Thais.

— Os herdeiros podem fazer um acordo da divisão dos bens. É possível fazer um acordo de partilha do inventário e pedir para o juiz confirmar por meio de uma sentença de homologação — disse Tadeu.

— Mas eu não concordo em fazer esse tipo de acordo — respondeu Thais.

— Você está sendo egoísta, não pensa em Thiago, precisa pensar nele — disse Tadeu.

— Vou conversar com Thiago e amanhã darei a resposta — disse Thais.

Thais ficou pensando muito no que disse Tadeu, mesmo sabendo que ele não se preocupava nem um pouco com Thiago, ele estava certo. Ela não poderia prejudicar o irmão, mas de qualquer forma iria consultar Thiago.

— Thiago, o Tadeu apareceu na empresa e pediu uma convocação do conselho de administração para eleger um novo presidente, pois com a morte do nosso pai, ele tem a maioria das ações — disse Thais. — Não quero prejudicar você, que pode tomar posse de sua parte.

— Eu não concordo que Tadeu volte à presidência das empresas — disse Thiago. — Acho bom você pedir a opinião de Euclides, que nos considera mais que Tadeu.

— Você está certo, porque além de ser nosso amigo ele também é sócio das empresas— disse Thais.

Como havia combinado com Thiago, Thais procurou por Euclides, que estava voltando da viagem de lua de mel com a enfermeira que cuidava de sua mãe.

— Euclides, eu estava ansiosa por sua volta, preciso de uma orientação sua — disse Thais.

— Estou à sua disposição, prima — respondeu Euclides.

— Tadeu quer fazer um acordo de partilha para finalizar o mais rápido possível o inventário do meu pai — disse Thais.

— Tadeu quer antecipar para tomar posse da presidência? — perguntou Euclides — Ele vai ter uma surpresa de que não vai gostar nada.

— Que surpresa é essa? — perguntou Thais.

— Se eu disser, deixa de ser surpresa — respondeu Euclides. — Aguarde, você vai gostar muito.

Thais comunicou Tadeu que ela e Thiago concordavam em antecipar a partilha.

— Nossa mãe, como inventariante, concorda com o que nós decidirmos — disse Thais.

— Sábia decisão, pois minha volta à presidência é uma questão de tempo — disse Tadeu.

Quando o inventário foi concluído, Thais convocou a assembleia geral para a escolha do novo presidente.

— Se você for eleito, não se esqueça que estaremos atentos — disse Thais.

— Se eu for eleito — disse o Tadeu —, você tem alguma dúvida?

— Vamos aguardar o resultado — disse Thais.

Por mais que Thais insistisse em saber de Euclides qual seria a surpresa, ele não revelou nada. Pelo menos ele disse que a surpresa seria agradável para ela.

— Eu, na condição de presidente, declaro iniciada a assembleia geral para a escolha do presidente das empresas — disse Thais.

Após a contagem dos votos, Euclides anunciou o resultado.

— Senhoras e senhores, vou anunciar o resultado dos votos por ordem alfabética — disse Euclides.

— Por que tanto suspense? — perguntou Tadeu.

— Informo que a sra. Maria votou em branco — disse Euclides —, Tadeu, 5% dos votos; Thais, 67,50% dos votos. Parabéns, Thais, você foi eleita para um novo mandato.

— Protesto, como eu, que tenho a maioria das ações, tenho apenas 5% dos votos? — perguntou Tadeu.

— Tadeu você tem apenas 2% das ações ordinárias que dão direito a voto, as demais ações são preferenciais, que dão preferência no recebimento dos lucros — disse Euclides. — Isso demonstra que você não tem condições para gerir as empresas.

—— FIM ——

FONTE Minion Pro
PAPEL Polen Natural 80g/m²
IMPRESSÃO Paym